Biblioteca Era

Sergio Missana

Movimiento falso

Sergio Missana

Movimiento falso

Ediciones Era

EDITORES INDEPENDIENTES

ERA, MÉXICO / LOM, CHILE / TRILCE, URUGUAY
TXALAPARTA, PAÍS VASCO-ESPAÑA

Edición original:
© 2000 Lom Ediciones, Santiago de Chile
Para esta edición:
Coedición Ediciones Era / Lom Ediciones
© 2001 • Ediciones Era
        Calle del Trabajo 31, 14269 México, D. F.
        www.edicionesera.com.mx
    • Lom Ediciones
        Concha y Toro 23, Santiago de Chile
        www.lom.cl
ISBN: 968.411.525.3 (Ediciones Era)
ISBN: 956.282.262.1 (Lom Ediciones)

A mi madre y a la memoria de mi padre
A mis hijos

Las modificaciones tanto temporales como espaciales de las cosas, e incluso de nuestro propio fenómeno, se asemejan al movimiento continuo de los árboles en un camino que se recorre velozmente.

Novalis

1

Descendió con determinación por el declive polvoriento, que conocía bien. Avanzaba a grandes zancadas, clavando los talones en la tierra blanda, con la mirada fija en la línea de espuma fosforescente que flotaba como una red deshilachada en la penumbra. El terreno se niveló bajo sus pasos y luego volvió a inclinarse para conducir a la arena, que a esa hora se había reducido a una angosta franja color acero enterrada a pique en la marea. Se quitó los zapatos. Los dedos de sus pies se encogieron al contacto con la arena húmeda en una especie de vértigo. Caminó un largo trecho en dirección al final de la playa, desde donde parecía regresar levemente a destiempo el retumbo de las olas, hasta un sitio en que, sabía, se formaba un hueco entre los islotes de roca. Allí dejó caer el resto de sus ropas y entró al mar.

Durante unos instantes no pudo sentir más que frío. La arena descendía en una brusca pendiente y en unos cuantos pasos sus pies ya no tocaron el fondo y el agua se cerró a su alrededor en un abrazo gélido que le crispó la piel. Lo dominó el miedo y sus manos intentaron asirse de la superficie con furiosos aleteos reflejos. El corazón comenzó a latirle con desesperación. Se encontraba en la zona convulsa y abrasiva agitada por la resaca, donde el agua se mezclaba con la espuma de las rompientes y parecía tirar de su cuerpo en varios sentidos a la vez. Consiguió darse vuelta y descubrió, recuperando lentamente la calma, que no podía calcular el tamaño de las olas ni la distancia que lo separaba de ellas. Empezó a nadar, con la sensación de que la corriente lo arrastraba a su arbitrio en una dirección que no podía precisar, intentando alejarse de la playa. Tragó agua y se esforzó por escupir. Se dijo confusamente que el frío no era tan intenso, que su cuerpo se ajustaba a él, aunque las manos y el pecho le ardían y no podía sentir los dedos de los pies. De pronto distinguió la pálida cresta de una ola que se cernía inmediatamente sobre él y se sumergió para dejar que le pasara por encima. La ola fue seguida por otras, en rápida sucesión, que no hicieron sino mecer la tensa superficie, y comprobó que había alcanzado la franja de calma más allá de las rompientes. Eso le infundió confianza. Miró de reojo y pudo distinguir a su izquierda las luces del pueblo, que parecían estarse apagando al contacto con el agua. Una nueva serie de ondulaciones volvió a elevarlo, aunque menos que antes, y trató de mirar hacia el frente, hacia la vasta extensión del océano abierto, pero sólo pudo distinguir lo que parecía una inmensa oscuridad.

Regularizó su respiración y siguió nadando hacia adentro con lentos braceos y suaves movimientos angulares de sus piernas entumecidas. Lo invadía ahora una extraña tranquilidad. Hasta cierto punto, lo sorprendía sentirse en control de su cuerpo, manteniéndose a flote sin mayor esfuerzo. Llegó hasta un sitio en que se sintió rodeado de algo blando, que acarició sus piernas y su espalda. Algas, pensó. A corta distancia pudo escuchar un sonido grave, discontinuo, de succión y creyó adivinar la turbulencia de una roca sumergida en la marea alta. Se dijo que no se había internado en línea recta, sino derivando en diagonal hacia el norte y se esforzó por corregir su curso sin apurar el ritmo. Poco más adelante, se adentró en una nueva corriente y se dejó arrastrar por ella sin oponer resistencia, en medio aún de aquella sensación de bienestar, de indolente abandono. Se dio vuelta otra vez hacia el pueblo y las luces le parecieron como estrellas próximas. Se quedó quieto durante mucho tiempo, de espaldas, tratando de descansar. La orilla se presentía muy lejana, pero al hombre (que de alguna forma era también él) no parecía importarle. Al cabo de un rato respiró hondo y se sumergió.

Se hizo el silencio, en el que pudo escuchar con toda nitidez los latidos alarmados de su corazón. Abrió los ojos. Al principio creyó encontrarse suspendido en la tiniebla, pero enseguida notó que lo rodeaban débiles rayos verticales de luz azul, fluctuantes, como si atravesaran por un caleidoscopio de un solo color, que convergían en un ángulo extraño, sobrevolando una gran masa de agua oscura que parecía contraerse y distenderse inmediatamente debajo de sus pies. Miró hacia arriba y vio la superficie un metro por encima de su cabeza: un velo iridiscente que emulsionaba la luz de las estrellas. Permaneció allí, quieto, en tanto la pulsación iba subiendo de volumen y se concentraba en un punto exactamente entre sus oídos. Luego dejó escapar por la nariz una nube de burbujas que se aplastaron contra la superficie cóncava, mientras su cuerpo se precipitaba a las profundidades como un peso muerto. Durante largos segundos, cerró los ojos y se sintió caer. Llegó a un punto en que el aire que aún quedaba en su interior lo detuvo y volvió a colgar, inmóvil, en un estrato mucho más frío. Apretó los ojos y pudo sentir contra sus oídos la férrea presión del agua, que se transformó de inmediato en una brusca ráfaga de dolor. La pulsación se concentraba y cedía en su cabeza de un modo aterrador. En el espacio de unos segundos interminables, el dolor de los oídos se apoderó también de sus pulmones, que parecieron estar siendo quemados por dentro, y luego, lentamente, pasó de largo. Lo abrumaba la tentación de vaciarlos por completo, pero no lo hizo. Esperó. Agitó trabajosamente las manos y le pareció que el agua se había vuelto más espesa. La oscuridad que podía distinguir con los ojos cerrados comenzó a expandirse despacio, fundiéndose en un tono distinto de negro, como si su cuerpo retrocediera en el interior de un recinto en penumbra y su visión pudiera transmitirle el alejamiento de los muros. O de un solo muro curvo y continuo. Aquello lo distrajo. El muro de sombras retrocedió hasta que volvió a rodearlo la tiniebla plena, sin forma, del océano. Perdió la conciencia. Volvió a despertar de inmediato, con una leve sacudida de su cuerpo al que el frío había vuelto ya insensible. Yacía boca arriba. La idea de que podía morir vino a su mente y la consideró con indiferencia. Miró hacia lo alto y pudo divisar, a mucha distancia, pero con claridad, el resplandor de las estrellas, la tenue película fosforescente que lo separaba del aire. Notó que la luz se había concentrado hasta formar una poza de límites definidos, cada vez más pequeña o lejana, enmarcada por la penumbra como por un lente tomado al revés. Enseguida, la visión se desprendió de sus ojos (los de aquel hombre) y descendió desviándose de su cabeza. Se detuvo a sus espaldas, a corta distancia. Luego comenzó a separarse, hundiéndose más, como en el sopor de un sueño más profundo, contemplando sin emoción la silueta que se alejaba con los brazos en cruz, recortada contra el resplandor, que parecía estar siendo succionado al mismo tiempo por la oscuridad. De pronto volvió en sí y sus pulmones expulsaron el resto del aire con un violento espasmo de náusea y lo inundó el vivo deseo de respirar el agua.

Entonces, sin saber exactamente cómo (aquí se producía un corte, una falla en el sueño), su rostro rasgó la superficie. Sus brazos y sus piernas parecían paralizados, pero consiguió flotar de espaldas con los ojos abiertos, sin poder enfocar las estrellas. Su boca estaba llena del sabor penetrante de la sal, en el que creía adivinar también un regusto de sangre, que debía brotarle de la nariz o de los pulmones, y otro sabor muy amargo. Sólo lograba respirar de un modo agitado y superficial, con la sensación de que las costillas se le enterraban en la carne a cada inhalación. Después de mucho rato, se propuso vagamente nadar hacia la orilla. No podía ver la playa, pero sí la negra silueta de los acantilados. Frente a él, a media altura del cerro, distinguió de pronto un destello de fuego. La llama debía ser muy alta –una fogata, tal vez un incendio, pensó–, pero desde allí parecía diminuta, como una vela que alguien hubiera encendido para indicarle el camino y que el viento no tardaría en consumir.

2

El bus giró despacio con sus luces intermitentes resbalando en las manchas de aceite del pavimento y se detuvo frente al andén. Un auxiliar descendió, abrió la compuerta lateral y comenzó a cargar con fastidio el equipaje de los pasajeros. Él lo observó desde su sitio, sentado sobre una cuneta en una zona de sombra, de espaldas a una hilera de arbustos teñidos de negro por el humo de los tubos de escape. Miró la hora en uno de los relojes. Las diez y media. Calculó que le quedaban otros diez minutos y encendió un nuevo cigarrillo. Llevaba allí más de media hora, fumando a distancia de la multitud que colmaba los andenes, acarreada de un lado a otro por los mensajes indescifrables que surgían de los altavoces, dejando que los focos lo encandilaran al barrer la explanada.

Esperó todo lo que le pareció prudente y luego se puso de pie y alzó su bolso tubular. Atravesó en diagonal la losa oscura surcada de reflejos iridiscentes, que parecía el mapa de un terreno accidentado, con la vista fija en el número de su andén. Rodeó por detrás un par de buses que vibraban con los motores en marcha. El auxiliar lo vio llegar desde la oscuridad sin que pareciera importarle en absoluto.

–¿Adónde va? –dijo, recibiendo el bolso, preparándose para arrojarlo a las profundidades del bus.

–A Iquique.

Subió. Su asiento quedaba en la parte media de la cabina, junto a una ventanilla. Por alguna razón, recordó algo que le había dicho su padre por lo menos diez años antes: que había mayores posibilidades de morir en la parte delantera de un bus que cerca de la cola, ya que la mayoría de los accidentes ocurrían de frente. Trató de asociar esa admonición con algún viaje en particular, pero no lo consiguió. Apoyó la cabeza en el frío cristal. En el hueco entre los buses encallados distinguió a un par de niños que forcejeaban junto a un local de revistas, intentando arrebatarse lo que parecía una pequeña mochila de plástico verde, cerca de un hombre vestido con terno y zapatos azules que dormitaba tendido sobre un banco, escudándose con un brazo parchado de la luz implacable de los fluorescentes. Bajo su ventanilla, en el andén estrecho, una familia se abrazaba de modo confuso. Todos iban a despedir a un solo hombre muy alto y gordo, de grandes patillas, al que miraron subir y luego avanzar trabajosamente a lo largo del pasillo hasta el asiento opuesto al de él. Los familiares siguieron dirigiéndole gestos frenéticos de despedida, gritando, contagiándose los unos a los otros una excitación sin objeto, pero, una vez en su sitio, el hombre dejó de prestarles atención. Lo vio inclinarse con gran dificultad para desatarse los cordones de los zapatos. Luego reclinó los dos asientos todo lo que era posible y dobló su chaqueta para usarla como almohada. El auxiliar, que ahora llevaba una gorra azul con la visera hacia un lado, cerró la puerta y caminó a lo largo del pasillo con los brazos levantados, deslizando las puntas de los dedos por el borde de la bandeja del equipaje. El bus retrocedió y se puso en marcha.

Él se hundió en el asiento, apoyando las rodillas en el respaldo, y contempló las formas de la ciudad en el resplandor amarillo y azul de los faroles. El conductor siguió un trayecto complicado, en el que él perdió muy pronto la orientación, hasta que llegó a la Norte-Sur, descendió hasta la autopista y aceleró para penetrar en un túnel en dirección al norte. Alcanzó a distinguir el espacio negro por donde corría el río, en cuya superficie nada se reflejaba. Enseguida el bus aumentó la velocidad. Vio desfilar en primer plano una interminable hilera de edificios bajos, detrás de los cuales se adivinaba un desorden de suburbios oscuros. Siguió escrutando concentradamente por la ventanilla, más allá de su propio reflejo y el de las filas de asientos, hasta la zona incierta en que la ciudad parecía negarse a terminar, donde surgían cada cierto tiempo manchas de luces desparramadas en lugares inesperados de las sombras, como fogonazos. Al final apagaron la luz de la cabina, pero afuera ya sólo había oscuridad, sólo se distinguía la silueta negra de las montañas contra la niebla de luz sucia exhalada por la ciudad.

Se quedó quieto, abandonado al avance, adormecido por la vibración del motor, sintiéndose extrañamente reconfortado en la cabina iluminada a contraluz por los faros. Poco más adelante, las luces interiores parpadearon y volvieron a encenderse para que el auxiliar revisara los boletos. Luego todo volvió a quedar sumido en la penumbra.

Cerró los ojos y trató de pensar en Irene. Intentó recordarla el día que la había conocido, tres meses antes, frente a la escuela, pero una serie de instantáneas eróticas se formaron en lugar de esa imagen. Se esforzó por barrerlas de su mente.

A principios de octubre, había venido hasta él de pronto, atravesando bajo un sol brumoso el estacionamiento de adoquines de la facultad. Sabía su nombre. Lo invitó a tomar una cerveza. Una propuesta de negocios, dijo, un trabajo para el verano. Caminaron hasta un bar en la avenida Portugal y se sentaron, separados por una mesa de plástico, en la acera. Pidieron cervezas; la de ella permaneció en la mesa, intocada, despidiendo una extraña luminosidad del mismo color de su pelo cortísimo, que parecía acrecentarse a medida que él sorbía la suya. No volvió a mencionar la propuesta.

Dos días después, en el mismo lugar, dijo:

–Mi familia quiere contratarte para un trabajo por el verano.

–¿Tu familia? –inquirió él, intentando sonreír de un modo escéptico.

–Mi padre y dos de sus hermanos.

Él asintió. Ella permaneció largo rato en silencio, mirando hacia el final de la calle, tamborileando en el borde de la mesa con las uñas de una mano.

–Tengo un tío que vive en el norte –dijo por fin–, en Pisagua. Quieren que vayas allá y lo vigiles por un tiempo.

Él sintió el impulso de echarse a reír, pero se contuvo.

–¿Por qué me eligieron a mí? –preguntó.

–Te recomendó uno de tus profesores...

–¿Quién?

–No sé cómo se llama.

–¿Sabes qué enseña?

–No –dijo ella.

Contempló el reflejo de Irene en el ventanal del bar y luego el suyo, que seguía sonriendo. Dejó de hacerlo y bebió un sorbo de cerveza.

–¿Qué quieres decir con vigilar?

Ella se encogió de hombros. Levantó su taza de café con las dos manos y sopló la superficie humeante.

–¿No han pensado en un profesional? –agregó él.

–Eso sería un poco... sórdido –repuso ella–. Piensan que un estudiante como tú sería lo ideal, debido al interés arquitectónico de Pisagua... –Él se mostró de acuerdo con un gesto, aunque desconocía ese interés. Tampoco pensaba seguir estudiando por mucho tiempo, pensó, pero se dijo que eso no venía al caso–. Ni siquiera tendrías que hablar con él –agregó Irene–. Bastaría con que observaras sus movimientos, su rutina, si tiene amigos o mujer, en qué trabaja... Ese tipo de cosas.

Bebió un sorbo de café con precaución.

–¿Te molesta si fumo?

Ella negó con un gesto. Golpeó un cigarrillo contra el borde curvo de la mesa y lo encendió. Expulsó el humo en dirección a los edificios que flanqueaban el otro lado de la calle.

–Creo que ya tengo trabajo para las vacaciones –dijo–, con mi hermano...

–¿En serio?

–Pero no es seguro todavía –agregó, esforzándose por retener su atención.

Se sirvió más cerveza, inclinando el vaso para no levantar espuma. Luego lo levantó y miró la refracción ambarina de la joven a través de las columnas de burbujas.

–¿Cómo se llama tu tío? –dijo.

–Jorge Brown.

–¿Por qué quieren... vigilarlo?

–Piensan que está enfermo.

–¿Enfermo?

–Mal de la cabeza –dijo ella con desaliento–, aunque yo no lo creo.

–¿Por qué piensan eso?

Dejó la taza y se reclinó en su silla.

–Mi tío siempre ha sido un poco excéntrico –dijo–, pero parece haber empeorado en el último tiempo...

Esperó un momento y luego agregó:

–Mi tío va a cumplir sesenta y un años. Hasta hace cinco, llevaba una vida relativamente normal. No sé en qué trabajaba, pero le iba muy bien. Ejerció como abogado hasta mediados de los setenta, en su propia oficina, y después lo dejó para hacerse empresario. Sé que durante un tiempo tuvo una constructora y después otros proyectos... Y de repente, sin que nadie se lo esperara –chasqueó los dedos–, decidió abandonarlo todo: su mujer, sus hijos (que son todos mayores que yo), sus empresas, y desapareció sin dejar rastro, se desvaneció como si se lo hubiera tragado la tierra. Se fue al extranjero por un par de años: a Europa y al Medio Oriente. Y luego volvió a aparecer en el norte, en Taltal, trabajando en un proyecto minero...

–¿Qué hace en Pisagua? –inquirió él.

–No lo sabemos.

–¿Y por qué creen que está loco, porque dejó a su familia?

–No –dijo Irene–. Por algunos rumores.

–¿Qué rumores?

–No sé exactamente... Ya que se haya establecido ahí es preocupante, ¿no?

Él levantó los hombros y aplastó la colilla en una juntura de la cuneta.

–Temen que se pueda hacer daño –dijo ella.

Hizo una pausa. Luego agregó:

–En todo caso, lo que importa es lo que puedan probar legalmente...

–¿Cómo?

–Están contemplando la posibilidad de declararlo interdicto por insania. Creo que ya han hablado con un psiquiatra...

Él tuvo por primera vez la impresión de que aquello iba en serio. Se propuso imaginarse a sí mismo yendo al norte, espiando las idas y venidas del tío enajenado, y no lo logró.

–Al parecer ganó mucha plata con el proyecto minero –agregó ella–. Muchísima plata.

–Ya veo.

–Una de sus extravagancias ha sido la forma de gastarla... Según mi viejo, ha hecho desaparecer grandes cantidades. Y no saben cómo.

–¿Y qué esperan que haga yo? –preguntó él con impaciencia. Se sirvió un último resto de cerveza.

–Que vayas allá por unos días y lo vigiles. Nada más.

–Pero, ¿para qué?

–El objetivo final sería restablecer el contacto con la familia, de lo que mi tío ha renegado –repuso ella–. Uno de sus hijos fue a Pisagua hace unos meses y se negó a recibirlo. Lo amenazó con una escopeta... Piensan que alguien fuera de la familia tal vez pueda tener más libertad para acercarse a él.

–Y eludir la escopeta –dijo él, sonriendo con esfuerzo.

–Lo consideran como un primer paso para intentar un acercamiento de la familia –notó que le inquietaba el modo en que pronunciaba esa palabra, como si formara parte de un lenguaje secreto–. Quieren, como dice mi papá, "tenderle una mano".

–Más bien echarle mano a la plata.

19

–Dicen que si mi tío cede y entabla alguna forma de diálogo con la familia, no van a recurrir a la vía legal.

–¿Y yo tendría que intentar convencerlo de eso?

–No –dijo Irene–. Para nada.

Vio que el camarero le preguntaba con un gesto si quería otra cerveza a través del cristal. Se negó.

–Tu testimonio también sería importante, supongo –agregó ella, vacilante.

–¿Sobre qué?

–Sobre su conducta…

–¿Para certificar que está rayado?

–No necesariamente –dijo Irene.

Su ceño se contrajo en un gesto de dolor, como si hubiera recordado algo muy desagradable. Agregó:

–Me preocupa.

–¿Qué cosa? –dijo él.

–Mi tío. Tengo miedo de lo que le pueda pasar…

Él asintió. Se quedaron un rato en silencio.

–¿Te interesa? –inquirió ella por fin.

–No sé.

–Quieren saber si estás interesado antes de hacerte una oferta.

–¿Lo puedo pensar?

–Me pidieron que tratara de conocerte bien –dijo Irene con una sonrisa–, que no te hablara de esto hasta más adelante, pero me parece que puedo confiar en ti.

En medio de la noche, el bus se detuvo con una sacudida y lo despertó. Afuera vio unos puestos de madera vacíos, bajo la luz de una ampolleta solitaria palpitante de insectos. Detrás entrevió la sombra de unos árboles y el recodo de una calle de tierra que venía a dar a la carretera. El gordo dormía con la boca muy abierta y el cuerpo vuelto hacia la ventanilla en una postura incómoda. Vio cómo el auxiliar montaba unas cajas de cartón que parecían muy pesadas en el costado del bus, bajo la mirada de un par de mujeres uniformadas con faldas largas y pañuelos blancos en la cabeza, que luego se instalaron detrás del conductor. El bus se puso otra vez en camino.

Se incorporó en el asiento y trató de mirar a través del parabrisas la cinta de pavimento que desfilaba hacia los faros. Vio que atravesaban un tramo de dunas bajas, que despedían un tenue fulgor a la luz de la luna, detrás de las cuales se adivinaba la oscura franja del mar. Los faros de un camión lo cegaron de pronto desde una curva. Durante unos segundos pudo ver una nube de manchas arremolinándose ante sus ojos, restos de las luces paralelas que parecían flotar entre el vidrio y la oscuridad. Permaneció rígido mirando los arbustos que rozaban la berma, en tanto la carretera describía una amplia curva para dirigirse hacia la costa. A la izquierda, por encima del horizonte sin nubes, distinguió el resplandor de una nueva ciudad que formaba una cúpula translúcida en el cielo estrellado. El reflejo formaba un halo iridiscente en la negra superficie del mar, que lo absorbía mucho antes de llegar a los roqueríos. El bus enfiló hacia ese lugar y él volvió a quedarse dormido.

Despertó sobresaltado. Se apoyó sobre un codo para mirar los números rojos del reloj y le tomó muchísimo tiempo entender lo que decían. Volvió a tenderse de espaldas y se restregó los ojos.

–¿Te desperté? –dijo Irene.

–No –contestó él, con la voz ahogada por el sueño.

Estaba sentada en la cama, con el mentón apoyado en una rodilla y los muslos aplastándole los pechos. Se volvió hacia ella y pudo distinguir una delgada línea oscura entre sus piernas y sus dientes que sonreían en la penumbra.

Tanteó el velador a la luz del reloj y dio con los cigarrillos. Encendió uno. Acomodó la almohada y se quedó un largo rato fumando sin pensar en nada, sintiendo cómo el humo se abría paso hacia sus pulmones, observando cómo llenaba la habitación y flotaba sobre su cabeza en delgadas láminas transparentes. El departamento, iluminado por el débil fulgor de la calle y visto desde ese ángulo, desde el extremo de su propio cuerpo tendido, le parecía distinto a su recuerdo de unas horas antes, como si su presencia lo hubiera ido transformando, pensó. Ella estiró las piernas y se deslizó empujando las sábanas hasta quedar acostada junto a él. Se cubrió hasta la cintura y extendió los brazos, dejando sus pechos al descubierto. Luego giró hacia él y lo besó delicadamente en el estómago.

–¿Tienes frío? –dijo.

Él negó con un gesto. Se sentó en el borde de la cama y volvió a mirar la hora: las dos y cuarto. Intentó distinguir su ropa desperdigada por el piso. Se puso los pantalones.

–¿Te vas?

–No todavía –repuso él–. ¿Tienes sed?

Ella no contestó. Él recogió su camisa y volvió a dejarla caer en el piso.

–Te puedes quedar si quieres –dijo ella.

Atravesó la habitación rumbo a la cocina. Abrió la llave del lavaplatos y apagó la colilla en el chorro, exhalando una última bocanada de humo invisible. Enjuagó un vaso.

–¿Cómo estás? –la oyó decir desde la cama.

–Bien.

Se detuvo a mitad de camino y se apoyó contra el marco de una de las ventanas. En el edificio de estacionamientos de enfrente, distinguió la figura de un hombre que descendía por una de las rampas vacías. Lo vio sumergirse en una zona de sombra y luego reaparecer más abajo. A la derecha divisó un taxi que se alejaba despacio de un semáforo intermitente y en la próxima esquina doblaba hacia el parque. Dejó que su vista siguiera de largo por la línea de faroles hasta el final aparente de la calle y eso lo hizo sentir bien.

–¿En qué piensas? –preguntó ella.

–En nada.

Pasó un dedo por la fría superficie del cristal, tratando de calcar la silueta de los edificios.

–¿Y tú? –dijo con indiferencia.

Ella no contestó. Él fue hasta el velador y encendió otro cigarrillo. Se pasó una mano por el pelo para despejar los últimos rastros de sueño y retrocedió hasta el mismo lugar, junto a la ventana.

–No pareces muy contento –dijo ella, después de un largo silencio.

–¿No, ah?

–Más bien todo lo contrario.

–Lo siento –dijo él, mirando cómo la brasa iluminaba su rostro en el cristal.

La escuchó cambiar de posición en la cama. Trató de distinguirla y le pareció que se había cubierto con la sábana.

–¿Pedro?

–¿Sí?

–¿Me amas? –preguntó ella, de un modo que parecía irónico.

–No sé –dijo él.

Desvió los ojos de la cama y miró hacia las sombras más allá de la cima de los edificios. Dejó que su visión se expandiera en el cielo turbio y sin nubes, iluminado por el resplandor inerte de la ciudad, y luego volvió a enfocar su reflejo.

–¿Pedro?

–¿Sí?

–Me gustaría que me contaras más de ti, de tu familia...

A lo lejos, distinguió lo que parecía el destello de una fogata proyectado débilmente contra el flanco de un edificio. Apoyó la frente contra el cristal y notó el vaho de su respiración: un triángulo opaco que borroneaba las luces y comenzaba a contraerse despacio. Abrió una ranura en la ventana. Arrojó la colilla, que describió un brusco giro en la oscuridad y desapareció de su vista.

–Con la tuya tenemos suficiente, ¿no? –dijo.

–¿Tu hermano también es arquitecto?

–No soy arquitecto.

–Pero casi.

–Eso es relativo... –repuso. Pensó que debía intentar explicarle todo aquello, que existía al menos una posibilidad de que no volviera a la escuela el año siguiente y cómo se relacionaba eso con Arturo y con sus padres, pero desistió.

Ella se sentó en el borde de la cama con las rodillas juntas y se cubrió los hombros con una frazada.

–¿No tienes frío? –preguntó.

–No.

–Ven –dijo ella. Separó los bordes de la frazada, ofreciéndole una visión fugaz de su desnudez, y volvió a juntarlos con una sonrisa.

–Quiero más agua –dijo él y se dirigió a la cocina.

Buscó a tientas el vaso. Lo llenó, bebió su contenido hasta la mitad y lo dejó con un golpe en el fondo del lavaplatos. Luego regresó, vigilando su propia sombra que cruzaba el cielorraso, hasta su sitio frente a la ventana.

–¿Sabes por qué te llamé hoy? –inquirió ella.

–No.

–Tenía que decirte algo.

–¿Qué?

–Mi familia decidió cancelar el trabajo.

–¿En serio?

–Ya no quieren que vayas al norte, van a desistir de todo el asunto.

Esperó que él dijera algo y enseguida agregó:

–Mi padre te manda a decir que perdones las molestias. Querían pagarte una compensación, pero les dije que no ibas a aceptar.

–Gracias.

–¿Te importa?

–No, tienes razón... –dijo él.

Fijó la vista en el sitio donde había visto el resplandor del fuego, un lugar confuso donde los muros de los edificios parecían superponerse en completo desorden, y le pareció que lo habían apagado.

–¿Tienes tiempo para arreglar lo del otro trabajo? –preguntó ella.

–No les había avisado todavía.

–Perfecto.

Permanecieron un rato en silencio.

–¿Sabes qué pasó? –preguntó él por fin.

–Según mi viejo, simplemente cambiaron de opinión –contestó ella–. Decidieron que era demasiada responsabilidad mandar a alguien, en caso de que mi tío hiciera alguna tontería.

–¿Con la escopeta, por ejemplo...?

–Decidieron cambiar de estrategia y tratar de comunicarse con él directamente: le escribieron una carta al correo de Pisagua, exigiéndole que dé alguna señal de sentido común, que vuelva a vincularse con la familia.

–¿O si no qué?

–¿Cómo? –repuso ella.

–¿Qué va a pasar si no transa? ¿Lo van a internar?

–Según mi viejo, la carta es su última oportunidad. Después de eso van a dejar que se las arregle solo.

–¿Y crees eso?

–No me queda otra.

–¿Y la plata?

–No es lo que más les interesa.

–Apuesto que no –dijo él.

Respiró hondo y exhaló el aire despacio.

–¿Lo echas de menos? –inquirió a continuación, sin saber por qué, súbitamente atravesado por una intuición.

–¿A mi tío? –repuso ella, sorprendida–. Sí, bastante.

Se puso de pie y dejó caer la frazada. Avanzó un paso y cruzó la línea de sombra, de modo que un halo fosforescente pareció envolver su cuerpo en la penumbra. Él notó que podía distinguir las imperfecciones del cristal en su piel.

–Antes de que se fuera éramos muy amigos... –agregó–. Creo que yo era la persona más cercana a él dentro de la familia. Tanto como para que le dieran celos a su mujer.

–¿En serio?

–Cuando la dejó, lo acusó de que se acostaba conmigo.

–¿Y era cierto? –preguntó él.

–Yo tenía quince años.

–¿Te acostabas con él?

–No –dijo ella.

Vino hasta él y lo besó, sonriendo y aplastando la punta de la lengua contra sus dientes. Luego se dio vuelta hacia los edificios y extendió los brazos, como ofreciéndose a la admiración de un auditorio.

–¿Crees que me puedan ver? –dijo.

–No sé... no creo.

Se acercó a la ventana y pegó su cuerpo al cristal. Él contempló la curva de su espalda transformada en una silueta contra las luces y uno de sus pechos deformado por el vidrio.

–¿Y ahora? –dijo ella.

Él no contestó.

–¿Estás decepcionado?

Retrocedió hasta él e hizo ademán de abrazarlo. Después se quedó quieta, con sus labios casi tocando los de él.

–¿De qué?

–¿De no ir al norte? –dijo ella, balanceando las caderas de modo que sus pezones le rozaron las costillas. Empezó a desabrocharle el cinturón.

–No.

–Me hubiera gustado que fueras –dijo. Sus dedos descendieron lentamente por su estómago, erizándole la piel. Esperó unos segundos y luego agregó–: Pero supongo que es mejor así.

–¿Temes que puedan estar tramando otra cosa? –consiguió decir él.

–No. Yo creo que de ahora en adelante lo van a dejar tranquilo...

Le bajó los pantalones y se arrodilló para acariciarle el interior de los muslos.

–Lo siento, Pedro –agregó.

–¿Qué cosa?

–Haberte involucrado en esto –dijo ella en un susurro– para nada.

Al romper el alba, el bus bajaba a toda velocidad por un trecho de terreno escarpado. Cerró los ojos durante lo que le parecieron sólo unos segundos, pero al volver a abrirlos avanzaban por el fondo de un valle muy verde, entre dos cadenas de cerros lejanos, en dirección al oeste. Estiró los brazos. Pasó una mano por el vidrio empañado y sus ojos buscaron un punto de fuga en las plantaciones. Se sentía entumecido y le dolía un sitio en la mitad de su espalda. Tenía ganas de fumar. El hombre gordo dormía con una rodilla sobre el asiento, vuelto hacia él con el gesto congelado de querer iniciar una conversación. Afuera vio, detrás de una fila de álamos, lo que parecía una iglesia de madera en ruinas. Enseguida apareció una camioneta blanca que avanzaba muy rápido por un camino de tierra paralelo a la autopista. A lo largo de un trecho se mantuvo a la misma altura del bus. En la caja, alcanzó a distinguir un gran rollo de alambre de púas y un perro gris que se mantenía en equilibrio, aterido de frío. Luego el bus aceleró para dejarlo atrás.

Se puso de pie para ir al baño. Al levantarse, notó que la inmovilidad le había adormecido las piernas. Dio el cerrojo y orinó intentando contrarrestar el vaivén, con la frente apoyada contra el tabique alfombrado. Se lavó las manos y se mojó el pelo. Miró su rostro en un pequeño espejo desvaído y lo invadió un súbito desaliento. Se dijo que ya había impuesto suficiente distancia con la ciudad y que debía sentir algo distinto, una suerte de alivio, y, aunque la idea le pareciera al mismo tiempo absurda, se sintió como si hubiera fracasado en algo crucial. Se sorprendió llevando a cabo un diálogo imaginario con Cristina, en el que se esforzaba por explicarle las razones para haber emprendido ese viaje y en el que rápidamente se quedaba sin argumentos.

Al volver a su sitio, vio que la carretera se aproximaba otra vez al mar. Los árboles y los campos sembrados de viñas desaparecieron y los remplazó el desierto, que lo hizo pensar en un planeta desolado. Observó pasar los signos que indicaban el desvío a Caldera. Luego vio aparecer la forma cóncava del puerto, que quedó enmarcada durante un instante en la ventanilla del gordo y luego salió de cuadro.

Apuró el paso para dejar atrás la actividad del centro, en dirección a las calles estrechas del lado oriente, donde el cerro Santa Lucía daba la impresión de haberse metido como una cuña desordenando el trazado. No había viento y las calles olían a encierro. El pavimento conservaba todavía parte del calor inmóvil, aceitoso de la tarde. Durante un rato buscó un reloj en las vitrinas. Pensó que debían ser las ocho y media, que ella ya debía estar de vuelta. Antes de llegar al cerro, dobló hacia el norte y continuó aproximándose sin apuro. Se detuvo frente a la puerta de un topless y observó las fotos de las mujeres en una vitrina iluminada por un arco de ampolletas. Estudió las poses con desánimo. Se preguntó si las fotos habían sido tomadas ahí o en otro sitio. En la siguiente esquina, se detuvo en un teléfono público y marcó el número de Irene. El timbre sonó muchísimo rato, mientras al otro lado de la calle veía aparecer, en el hueco entre dos micros, un local de papas fritas. Entre los precios de la ventana divisó a una mesera que limpiaba el respaldo de una silla con un trapo y elevaba hacia él una mirada de total indiferencia. Al final apareció una máquina contestadora en la que no habían grabado ninguna voz, sólo la señal y luego el tenso silencio en el que no fue capaz de decir nada.

Colgó y atravesó la calle entre las micros detenidas. Entró al local, que olía a aceite añejo y a sudor. Se acercó a la barra y pidió una porción grande de papas y una cerveza. Se sentó ante una mesa junto a la ventana. Los ventiladores cortaban la luz de los fluorescentes y hacían parpadear su reflejo en el linóleo del piso. El local estaba vacío excepto por un viejo que bebía cerveza, sentado en el extremo opuesto de la barra. Notó que mantenía su vaso aferrado todo el tiempo, sin beber, mientras le hablaba al cocinero a través de un vidrio salpicado de aceite. El viejo se dio vuelta a mirarlo un momento, con ojos extraviados, y lo saludó con un gesto, pero él desvió la vista. Se quedó mirando cómo la mesera espolvoreaba sus papas con un frasco de plástico que parecía de veneno para ratas, luego inclinaba un vaso turbio bajo la máquina de schop y rodeaba la barra para traerlos hasta él.

Comió lentamente mientras afuera anochecía, contemplando cómo la luz cambiaba de color en los edificios de enfrente y a los hombres que le hacían complejos signos a las micros en la esquina. La cerveza le supo rancia y sólo bebió algunos sorbos para lavar el regusto de la sal. Prendió un cigarrillo, el último, y aplastó el paquete contra la mesa. En alguna parte, alguien hizo sonar una bocina. El ruido se prolongó de un modo intolerable y le pareció que repercutía en un punto preciso detrás de sus ojos. Luego cesó de golpe. Notó que la suave turbulencia de los ventiladores levantaba la ceniza y la hacía flotar frente a sus ojos. Las partículas ascendían delicadamente desde el cenicero de latón y se quedaban revoloteando como copos de nieve en el aire grasiento. Por algún motivo, lo hicieron sentir apesadumbrado.

Pulsó el timbre. Estudió las corridas de números como si allí se encerrara una clave secreta. Fijó la vista en el número del departamento de Irene durante mucho tiempo, hasta que las figuras perdieron todo sentido y comenzó a dudar de si era el correcto. Volvió a tocar. Esperó un rato más, contemplando su reflejo en un medidor de agua. Se arregló el pelo y el cuello de la camisa. Luego sacó su carnet del bolsillo trasero del pantalón y lo encajó sin dificultad en la ranura de la puerta, bajo la cerradura. Subió. Golpeó con los nudillos en la puerta y se sentó a esperar en el descanso de la escalera, desde donde podía ver si alguien abría la puerta, mientras lo iba invadiendo una tenue inquietud y afuera terminaba de caer la noche. Se reprochó no haber comprado tabaco.

Volvió a salir a la calle. Cruzó a la vereda de enfrente. Por un instante, mientras flanqueaba una fila de taxis estacionados, lo asaltó la idea absurda de que ella podía estarlo mirando en ese mismo instante desde la ventana.

Dejó atrás la Alameda y apuró el paso, buscando un local abierto donde comprar cigarrillos. Anduvo un trecho por una calle angosta, donde se veía una gran mancha de vidrio quebrado resplandeciendo bajo los faroles. Caminó por encima de una rejilla de ventilación y la pisó con fuerza, escuchando el leve eco de sus pasos al final de la calle. Se detuvo a orinar en un portal. Después atravesó la calle por encima de la arenilla de vidrio triturado y torció hacia arriba por una calle lateral que tenía una vereda destrozada por una excavación. La tierra removida, que habían cercado con una guirnalda de plástico amarillo, estaba impregnada de olor a gas. En lo alto de uno de los montículos distinguió un codo metálico engarzado a un trozo de cañería y lo arrojó de una patada hasta el fondo de la zanja.

No lejos de la pensión, entró a una botillería y compró cigarrillos y una cerveza. A lo lejos, hacia el sur, distinguió la luz roja de un semáforo parpadeando entre los árboles y reflejada en los viejos rieles de tranvía enterrados en el asfalto. Se sentó en la cuneta junto a un par de triciclos encadenados entre sí y abrió la lata. Escuchó que el dependiente le decía algo desde el interior del local, pero no se dio vuelta a mirar. Estuvo pensando en Irene. Resolvió que debía tomar una decisión respecto a ella, aunque no supiera cuál y aunque todo pareciera indicar, se dijo, que ella se le había adelantado. Un auto frenó de pronto en la esquina. El conductor bajó la ventanilla y se quedó mirando un momento hacia la botillería con expresión atónita, como si le hubiera recordado algo, y luego reanudó la marcha haciendo rechinar los neumáticos.

–¿Señor?

El dependiente estaba de pie en la entrada de la botillería, apoyado contra el riel de la cortina metálica, su silueta recortada contra las filas compactas de botellas. No parecía tener más de quince años.

–¿Qué pasa? –dijo él.

–No se puede tomar en la calle...

Su voz sonaba como la de un niño, aguda y vacilante. Él terminó de un trago lo que quedaba de la lata y la hizo rodar por debajo de los triciclos. Se puso de pie. El tipo retrocedió y lo vio rodear el mostrador y hablar con alguien que quedaba fuera del marco. Se sacudió los pantalones y se alejó de allí.

Atravesó Vicuña Mackenna, torció a la derecha y siguió caminando sin prisa hacia la esquina de la pensión, entreviendo los faroles del parque al fondo de las calles transversales.

Detrás de la puerta flotaba aún la luz azul del televisor, atravesando el pasillo que conducía a la escalera y a su cuarto. Se asomó a la puerta. La vieja estaba tendida en su lado de la gran cama matrimonial, con los pies enfundados en unas pantuflas negras y un pañuelo alrededor de la cabeza.

–Buenas noches.

–Lo estaba esperando –dijo la anciana, incorporándose a medias y dirigiendo el control remoto con ambas manos hacia el televisor para eliminar el sonido–. Vino a verlo su hermano.

La habitación estaba a oscuras, excepto por el viejo aparato, cuya luz parecía provenir del fondo de una piscina.

–¿Cuándo? –preguntó él.

–Como a las ocho.

La mujer lo miraba sin parpadear. Detrás de los lentes, sus ojos se veían enormes, aterradores. Él podía notar leves destellos en la cadena, que caía desde los costados del marco y pasaba por detrás de su cuello, cada vez que la luz cambiaba de intensidad.

–Simpático su hermano... –agregó–. ¿Cómo se llama?

–Arturo.

–Arturo –repitió ella–. Es mayor que usted, ¿no?

–Sí.

–Se nota.

La mujer desvió la vista por un momento hacia la pantalla.

–Me pidió que le abriera su pieza... –dijo después, dejando que su mirada volviera hasta él y parpadeando como una lechuza a través de los cristales–. Estuvo revisando sus cosas, sobre todo sus trabajos de la universidad. Me preguntó si usted estaba yendo todos los días a la escuela.

–¿Y qué le dijo?

–Que por lo menos lo veo salir en las mañanas.

–Gracias –dijo él en voz muy baja.

–¿Cómo?

–Nada.

Ella asintió, clavando en él sus monstruosas pupilas en un gesto de interrogación.

–¿Alguna noticia de la familia? –dijo enseguida, pronunciando cada sílaba como si él no pudiera entender de otra manera.

–No.

Bajó un pie de la cama y dejó que la pantufla colgara cerca del piso.

–La verdad es que no quisiera molestarlo...

–No se preocupe –dijo él.

–Ya estamos a cinco.

–Estoy esperando un giro que debería haber llegado hoy. Con eso vamos a tener para diciembre y enero.

–Maravilloso...

–Mi hermano, ¿dejó algo dicho?

–Ah, sí –repuso ella–. Que lo llame mañana a la oficina. Dijo que es por asunto de trabajo, que usted sabe de qué se trata...

Esperó que la anciana agregara algo más, pero volvió a mirar hacia el televisor.

Durante un tramo, la carretera avanzaba cortando la base de un muro vertical de piedra, suspendida unos diez metros por encima de las olas. Al final se elevó trasponiendo una arista rocosa y luego giró para descender suavemente hacia el este, alejándose del mar. Al fondo de la larga pendiente surgió el contorno de una ciudad, que temblaba a través del aire hirviente y tenía el mismo color indefinido del desierto. El conductor dejó que el bus se deslizara despacio por el declive hacia las casas bajas y polvorientas, agrupadas contra la falda de los cerros, en uno de los cuales se podía leer, con letras blancas y torcidas que atravesaban la ladera de un extremo a otro: UNA REFINERÍA PARA CHAÑARAL..

El bus frenó y cruzó una estación de servicio por delante de una caravana de camiones que esperaban en fila para cargar combustible. El conductor maniobró hábilmente en el espacio entre las bombas y la oficina de la estación para hacer girar la máquina y embocarla en una estrecha callejuela de tierra. Continuó sin apuro, dejando que el bus diera suaves bandazos sobre las calaminas, y se detuvo en la siguiente cuadra, frente a lo que parecía un bar de grandes ventanales. El auxiliar bajó a tierra y todos los pasajeros lo siguieron. Atravesaron la calle y vio que no entraban al bar, sino que continuaban por un pasaje de gravilla cercado por una pandereta, al fondo del cual se distinguían otros buses estacionados y un puesto de diarios bajo la sombra de una marquesina. Apenas él hubo descendido, el bus arrancó y se alejó calle abajo.

Siguió al grupo a distancia. Se detuvo ante una puerta doble de vidrio esmerilado y la empujó hasta abrir una ranura por la que espió al interior. Era un restorán. Vio que los pasajeros, incluyendo al hombre gordo, habían ocupado cuatro mesas contiguas de un vasto salón oscuro que parecía el comedor de una prisión. Se llenó los pulmones del aire acondicionado, que olía levemente a desinfectante, pero la perspectiva de tener que conversar con los demás pasajeros lo hizo retroceder.

Volvió sobre sus pasos hasta la boca del callejón y echó a andar por la calle de tierra en la dirección en que había visto desaparecer al bus. A esa hora las fachadas no proyectaban sombras. Las calles perpendiculares estaban desiertas y la ciudad parecía incolora y sin forma, aplastada por el calor. Pasó ante la entrada de una vulcanización, donde alguien había apilado unas colchonetas de espuma. Tres cuadras más adelante llegó a lo que parecía la calle principal. La inscripción en el cerro volvió a llamarle la atención. Por un momento sintió el deseo de entrar a un negocio y preguntarle a alguien lo que eso significaba, como si importara algo. A la distancia, distinguió la fachada de un cine. No pudo descifrar el nombre de la película. Se dirigió hacia ese sitio por la vereda vacía, invadido por el deseo irracional de sentarse a dormir en la penumbra, aunque perdiera el bus.

Regresó hasta el pasaje y entró al bar. El interior estaba tan fresco como el salón de la parte de atrás. Se sentó ante un gran mesón en forma de U, de bordes cromados, desde donde se podía ver el sitio donde iba a detenerse el bus. Pidió un sándwich y una cerveza a una mesera baja y delgada, de la que sólo pudo ver la silueta a contraluz ante las persianas. Mientras esperaba, recordó que había dejado el paquete de cigarrillos en el bolso y notó que sus huellas digitales quedaban impresas en el cromado.

Golpeó con los nudillos. Esperó un momento y luego encajó la llave. Encontró a Arturo y Lara sentados ante la mesa de la cocina, bebiendo cerveza uno frente al otro con idénticas expresiones de cansancio. Vio que Lara tenía su mano derecha vendada con algo que parecía un pañuelo muy sucio. Arturo fue el primero que notó su presencia en el umbral.

–¡Pedrito! –exclamó con sorpresa.

Se levantó para abrazarlo.

–¿Qué te pasó? –le preguntó él a Lara.

–Me corté con un clavo.

–¿Cuándo?

–Esta tarde –repuso Lara, con desaliento.

Mantenía la mano inmóvil, apoyada sobre la mesa, y parecía derrotado por ella.

–¿Quieres tomar algo? –dijo Arturo.

–Cerveza está bien.

Recogió un paquete de cigarrillos de la mesa.

–¿Son tuyos?

–De la Cristina –contestó Lara.

–¿Le puedo robar uno?

Sacó un cigarrillo sin esperar respuesta. Lo encendió en el piloto del califont, se sentó en el marco de la ventana y se puso a taconear con sus zapatillas en la pared.

–¿Cómo has estado? –preguntó Arturo. Le tendió un vaso de cerveza.

–Bien… ¿Y la Cristina?

–Salió a comprar.

–¿Cómo te cortaste?

–Pasé por el lado de un tablón que tenía un clavo sobresaliendo –dijo Lara–, en una obra.

–¿No te puede dar algo? –preguntó él, con una sonrisa burlona.

–Era un clavo nuevo.

Pensó que era la primera vez que veía a Lara abatido de ese

modo. La reserva inagotable de energía que desplegaba habitualmente parecía haberse drenado entera a través de su mano. Lara desempeñaba el papel de lugarteniente de Arturo, pensó. También era arquitecto. Aunque cinco o seis años mayor que Pedro, lo hacía pensar siempre en un niño gordo, hiperactivo y al mismo tiempo sedentario; era una de esas personas a las que no se podía dejar de imaginar, junto a dos o tres hileras de compañeros sonrientes y malvados, en una foto infantil.

–Te fui a ver a la pensión el otro día –anunció Arturo, girando su silla para no darle la espalda–. ¿Te dijo la vieja?

–Sí.

–Ese lugar es un antro, huevón.

–¿Tú crees? –dijo él.

–¿No podrías buscarte algo mejor?

–No por ese precio.

–Te puedes venir de vuelta cuando quieras…

–Te lo agradezco.

–En serio… –insistió Arturo.

Él arrojó la colilla por encima de su hombro, hacia el patio de luz del edificio. Bajó de la ventana y salió de la cocina. Deslizó sus zapatillas por el parquet del living. Miró a través de las ventanas la amplia curva errática trazada por el río y más arriba el tráfico detenido y el follaje de los árboles del parque y la larga fachada irregular de los edificios contra la luz oblicua del atardecer. Se detuvo ante el tablero de Cristina y estudió los diseños. Después se dirigió al baño, preguntándose qué lo había llevado hasta ahí, considerando la idea de escabullirse hasta la puerta y bajar a la calle antes de que los otros tuvieran tiempo de notar su ausencia. Se quedó un rato frente al espejo, con la nariz muy cerca del cristal, tratando de comparar el tamaño de sus pupilas. Se mojó la cara. Estudió el contenido del botiquín y empujó el espejo hasta sentir el clic de la cerradura.

Al salir, vio a Cristina que lo estaba esperando en medio del living, sosteniendo un par de bolsas de plástico con los brazos abiertos.

–Cuñadito.

Se abrazaron. Ella extendió los brazos para estudiarlo.

–¿Has bajado de peso? –inquirió con una sonrisa torcida.

–No, no creo.

–¿Te quedas a comer?

—Bueno.

La siguió a la cocina.

—Primero hay que hacer algo con esa mano.

Depositó una de las bolsas sobre la mesa y alineó un frasco de alcohol, algodón, gasa y un rollo de venda frente a Lara. Encendió un cigarrillo. Le dio dos o tres pitadas rápidas y profundas y lo apagó. Luego comenzó a lavar platos.

—¿Estás segura? —preguntó Lara, con desánimo.

—No entiendo por qué no te la hiciste ver —repuso ella.

—Tenía mucho trabajo —dijo Arturo.

—No es para tanto —dijo Lara, sin convicción.

Cristina se sacó los zapatos y los empujó a un rincón. Él prendió otro cigarrillo. Se quedaron un rato sin decir nada, escuchando el entrechocar de la loza y el chorro de la llave y, en los intervalos de silencio, el zumbido del refrigerador.

—¿Cómo va la escuela? —preguntó Arturo.

—Bien, supongo —contestó él.

—¿Vas a pasar todo?

—Eso espero.

—Hace tiempo que no te veíamos —dijo Cristina, quien había empezado a enjuagar los platos y tazas, y a apilarlos en la escurridera.

—He estado ocupado.

—Ya sabemos en qué has estado ocupado… —dijo de pronto Lara.

—¿En qué? —preguntó ella.

—Con la… Inés.

—Irene —corrigió él.

—¿Cuándo la vamos a conocer? —quiso saber Cristina.

—Nunca —dijo él con desánimo—. Hace como dos meses que no la veo.

—¿Verdad? —dijo Arturo.

Él se encogió de hombros y dejó que el humo ascendiera entre sus ojos, succionado por el vacío de la ventana. El refrigerador empezó a sonar como si tuviera una pieza suelta adentro, pero nadie le hizo caso. Desde su posición, a través de una de las ventanas del living, podía distinguir un trecho de la corriente parda del río. Los edificios del fondo parecían haber retrocedido, a medida que la luz púrpura se iba extinguiendo, hasta un ámbito muy remoto. Cristina se secó las manos en un paño y encendió la lámpara del techo.

—¿Vas a ir al sur para la Navidad? —preguntó Arturo.

–No –dijo él.

–¿Quieres pasarla con mi familia? –inquirió Cristina.

–No, gracias.

–¿Qué piensas hacer?

–No sé.

Ella acercó una silla a Lara y tomó su mano con un suave gesto autoritario. La hizo girar entre las suyas, arrugando la nariz como si se tratara de un animal herido. Desató el nudo que cerraba el pañuelo en la muñeca y comenzó a desenvolverlo.

–¿Te duele?

–No –dijo Lara.

La tela se había endurecido. La sangre seca que le cubría los dedos se había trizado en las falanges. Desprendió el pañuelo con sumo cuidado, ante la mirada absorta de Lara, quien se había puesto pálido, con la boca contraída en un leve rictus involuntario de repugnancia. Siguió despegando lentamente el pañuelo hasta llegar al sitio en que se había pegado a la herida y luego dio un brusco tirón.

–Ya está –dijo ella.

La mano se veía muy sucia de sangre. La herida era apenas un rasguño que atravesaba el dorso desde los nudillos y se hundía unos milímetros en el canto, en forma de L, pero parecía causarle a Lara mucho dolor. Y estaba sangrando de nuevo.

Cristina se puso de pie y tomó del codo a Lara, quien se dejó conducir dócilmente hasta el lavaplatos. Ella dio el agua caliente. La dejó correr un momento, luego la probó con la punta de los dedos y puso el tapón. Esperó a que se hubiera llenado hasta la mitad, volvió a probarla y entonces le sumergió la mano y empezó a frotarla con una esponja nueva, primero la palma y los dedos, luego el dorso. Lara se quedó como hipnotizado, mirando un hilo de sangre que había comenzado a salir desde el tajo y a formar una pequeña nube roja a un costado de su mano, bajo la superficie. La sangre se tensaba y aflojaba con un empuje rítmico. Ella terminó de lavar los últimos restos de sangre seca y después vació el agua (que se había teñido de un rojo opaco, más oscuro que la sangre) y lo llevó de vuelta a la silla. Embebió un pedazo de algodón en alcohol y lo apretó contra la herida.

–¿Te duele, Claudio?

Lara negó con la cabeza, apretando los dientes y levantando hacia él una mirada de odio en la que parecía concentrar todas sus fuerzas, como si deseara que él estuviera en su lugar. Ella siguió apretando hasta que dejó de sangrar y después cambió el algodón. Limpió meticulosamente la herida, separando y luego juntando los bordes de la L. Después le secó la mano con el paño de cocina y empezó a vendarla. Enrolló la venda con precaución, desde la muñeca hasta la base de los dedos, pasando dos o tres vueltas por detrás del pulgar y desenrollándola cada cierto tiempo para graduar la tensión.

–¿Arturo? –dijo él.

–¿Sí?

–He estado pensando en lo del trabajo –repuso, vacilante– y creo que prefiero dejarlo pasar...

–¿En la oficina? –Arturo se dio vuelta hacia él, atónito.

–Ajá.

–¿Te volviste loco, huevón? –gritó.

–Puede ser...

–¿Tienes idea de cómo voy a quedar?

–No les va a costar mucho encontrar un remplazante.

–No se trata de eso, huevón.

–¿Por qué no quieres el trabajo? –preguntó Cristina, desde el otro lado de la mesa.

–No sé –dijo él–. Quiero tomarme el verano libre y tratar de pensar en lo que quiero hacer...

–¿Con la escuela? –inquirió ella.

–Entre otras cosas.

–¿Te piensas retirar?

–No sé –repitió.

–Me podrías haber avisado antes, ¿no? –dijo Arturo. Se había puesto de pie y rodeado la mesa para alejarse de él, lo que al parecer le servía de pretexto para alzar la voz.

–Todavía falta un mes...

–Antes de que hablara con el jefe.

–Lo siento –dijo él.

–Aprieta aquí –dijo Cristina, señalando un sitio en la venda.

Lara apretó. Ella desapareció en el living, mientras Arturo seguía de pie, enfrentándolo a través de la mesa, y reapareció después de un momento con un alfiler de gancho. Volvió a sentarse. Sujetó el alfiler entre los labios, dio a la venda una última vuelta precisa alrededor de la muñeca y lo clavó.

–Listo –dijo.

Al atardecer, el bus se detuvo para cargar combustible. El auxiliar anunció que iban a permanecer en ese sitio, Lagunas, durante una hora y que los que así lo deseaban podían cenar en la posada. Los pasajeros se abalanzaron hacia la salida, ansiosos por escapar durante el mayor tiempo posible del encierro. Lagunas se reducía a un bungalow bajo de ladrillo medio oculto detrás de un seto de arbustos rígidos, que formaba una T con una caseta blanca de aspecto lúgubre y tres viejas bombas de cantos redondeados. Un jeep azul, salpicado de barro, se había detenido frente a la puerta de la posada, bajo el letrero deslavado que decía: *Lagunas, Bebidas, Alojamiento.*

Desde su asiento, vio cómo el conductor, un hombre corpulento, de bigotes y aspecto afable, se asomaba al interior de la caseta sin trasponer el umbral. Después de mucho rato, vio aparecer allí a un bombero viejísimo, que dirigió a su alrededor una mirada de indignación. Era muy delgado y el pecho se le notaba hundido bajo el overol sucio. Se quedó un momento en el umbral, restregándose los ojos, tratando de acostumbrarse a la luz rasante, y levantó una mano para tironearse la piel suelta del cuello. Se aclaró la garganta y escupió. Luego se acercó despacio al bus, arrastrando sus sandalias por el polvo y balanceando ampliamente los brazos como si el aire le opusiera resistencia. Desenganchó una de las mangueras.

Él bajó del bus y rodeó la caseta. A partir de allí, sin transición, se extendía una vasta llanura pedregosa que, a la luz del atardecer, parecía un lago de lava recorrido por suaves ondulaciones petrificadas. Se aproximó a un viejo remolque de camión apoyado sobre ladrillos. Uno de los ejes, alrededor del cual habían amarrado un trozo de alambre ya oxidado, estaba roto. Notó que todas las pilas de ladrillos estaban levemente inclinadas hacia el mismo lado. Apoyó las manos en un costado del remolque y trató de imaginar cuánta fuerza sería necesaria para derrumbarlo, hasta que el viento cambió de dirección y le llevó el olor de un baño. Atravesó la explanada polvorienta en dirección a la posada. Vio que el viejo reía con ganas a algo que le decía el chofer, que se estaba levantando las mangas de la camisa y le daba cada cierto tiempo suaves patadas con el taco de su zapato a una de las ruedas del bus.

A mitad de camino, vio salir de la casa a una pareja. Llevaban enormes mochilas, con sacos de dormir amarrados encima, que apoyaron contra el muro. La joven se sentó en el escalón con aspecto abatido y su acompañante la imitó. Los dos eran rubios.

Llevaban pantalones cortos y unas billeteras verdes colgando del cuello y parecían hastiados, especialmente ella. Daban la impresión, conjeturó él, de haber llegado al punto en que no podían tolerar algún aspecto importante de su viaje, tal vez la presencia del otro, y haber comprendido al mismo tiempo que, en ese lugar, en medio de la desolación, no podían hacer nada al respecto. Él pasó frente a la puerta, sin decidirse a entrar a la posada. El tipo lo llamó con un gesto.

–¿Oye? –dijo sin ponerse de pie. Su compañera seguía en la misma posición, con las rodillas juntas, mirando fijamente algún punto más allá del remolque, con el aspecto de que en cualquier momento podía echarse a llorar–. ¿Nos podrías sacar una foto?

Desenterró una pequeña cámara amarilla de un bolsillo de su mochila y se la entregó. Él le tomó el peso y miró por el visor, tratando de imaginar por qué motivo alguien querría acordarse de ese sitio. Retrocedió unos pasos hasta que los dos estuvieron en cuadro.

–Es automática –dijo el tipo. Empezó a decir algo más, pero se interrumpió. Él siguió enfocándolos, esperando que ella se decidiera a mirar hacia la cámara.

Sacó la foto.

–Gracias –dijo el tipo y sonrió.

Se dirigió a la parte trasera de la posada, donde había un par de bicicletas apoyadas contra una mesa de ping-pong desmantelada. A su lado se veían los restos de una fogata que el viento había arrastrado, formando un reguero negro en la tierra. El muro posterior del bungalow había sido dividido con tabiques de madera y cubierto por un alero medio desplomado, en el que se veían unos números blancos pintados con brocha, que, supuso, correspondían a los números de las habitaciones como en un motel. En uno de los tabiques descubrió un viejo mapa deslavado de la zona y se puso a estudiarlo.

De regreso, vio al auxiliar que salía de la posada y se interpuso en su camino, tomando en ese momento la decisión.

–¿Perdón? –dijo.

–¿Qué pasa?

El auxiliar lo miraba con desconfianza.

–¿Me podría bajar en Pozo Almonte? –preguntó él.

–¿Hasta dónde tienes pasaje?

–Hasta Iquique.

–Ningún problema –repuso el otro.

–¿Pedro? –dijo Arturo.

–¿Qué?

–Va a ser mejor que nos esperes en el auto, si no te importa. Este tipo se pone medio nervioso a veces.

–¿Dónde es? ¿Arturo? –dijo Lara.

–Después del semáforo.

Lara conducía el auto de su padre con un codo apoyado en la ventanilla, sosteniendo el volante con su mano vendada, por una amplia avenida desierta dividida por un bandejón polvoriento. Era el primer día del año y la ciudad parecía haber sido evacuada.

–Me da lo mismo –dijo él.

Volvió a reclinarse en el asiento trasero y dejó que el aire denso y tibio le diera en la cara. A lo lejos, distinguió el brillo metálico de un avión que empezaba a tomar altura por encima del borde brumoso de los cerros. Trató de decidir en qué dirección se encontraba el aeropuerto y no pudo. Se había desorientado. Las calles le parecían desplegarse al paso del auto en completo desorden, irreconocibles por la falta de gente, como si deambularan por las sendas y bifurcaciones de una maqueta. Le dolía la cabeza. Se sentía dominado por la misma somnolencia de la ciudad. Una hora antes, le había parecido escuchar débiles crujidos en su cabeza, un lento cosquilleo rítmico expandiéndose detrás de sus ojos. El efecto de las pastillas, se dijo. Eso se debía sentir, pensó, aunque con otra intensidad, durante un ataque epiléptico: la electricidad del cerebro tomando al mismo tiempo todos los caminos equivocados.

Lara cambió de pista y disminuyó la velocidad. Apoyó la venda, que parecía concentrar una parte considerable de la luz del sol, en la palanca de cambios.

–¿Doblo acá?

–En la otra.

Torció a la izquierda y se detuvo en la intersección de la pista contraria. Dejó pasar una micro solitaria y enfiló por la angosta calle vacía hacia el sur, con el espejo del costado derecho casi rozando los autos estacionados. La calle iba a dar a una cancha de fútbol flanqueada por una hilera de edificios bajos. Lara dobló y siguió avanzando despacio por la pista de la izquierda. Estacionó el auto detrás de un kiosco cerrado y apagó el motor. Se bajaron. Él los miró atravesar la calle y alejarse en dirección al final de la cuadra, donde una barrera de neumáticos enterrados daba la impresión de interponerse en el curso del pavimento. Se perdieron de vista entre dos edificios. Él caminó un rato por el borde de la cancha, donde se veían huellas de camiones que habían borroneado algunos tramos de la línea de tiza. Un grupo de niños estaba jugando fútbol en el otro costado, cerca del letrero del marcador, a la sombra de una gran copa de agua. Sus gritos retumbaban en la calle vacía. Se propuso seguir el partido, pero no pudo distinguir quién jugaba para quién. No se acercaban a los arcos. Se limitaban a perseguir confusamente la pelota en círculos, dejando que rebotara cada cierto tiempo contra una alambrada, de un modo que a él terminó por parecerle enervante.

Volvió hasta el auto y dejó caer su peso contra el capó. Vio que Arturo y Lara aparecían detrás de un edificio más lejano y se acercaban caminando despacio por el centro de la calle. Cuando se encontraban ya a la altura del primer edificio, Lara hizo el ademán de echarse a correr. Entonces vio la pelota y a uno de los niños que corría tras ella y alcanzaba a ponerle un pie encima mucho antes de llegar al kiosco y luego se daba vuelta para patearla, con todas sus fuerzas, de vuelta hacia el grupo.

–¿Cómo les fue?

–Todo arreglado –dijo Arturo.

Lara aceleró el motor en banda por un momento y luego dio la vuelta por detrás del kiosco levantando una nube de polvo. En la esquina dobló a la izquierda, mientras Arturo le entregaba a él por el hueco entre los asientos lo que parecía un ladrillo muy liviano forrado en papel de aluminio. En la siguiente cuadra, antes de llegar al semáforo, atropelló a un perro. Él sólo alcanzó a notar una sombra en la parte baja de la ventanilla, algo que se perdía de vista antes de atraer por completo su atención, y luego el golpe y las sacudidas de las ruedas al pasarle por encima. Lara frenó en seco en medio de la calle. Apoyó las manos en lo alto del volante y luego las dejó caer inflando las mejillas. Metió la marcha atrás, pero siguió sin moverse.

–Mierda –dijo en voz muy baja.

Retrocedió para estacionar delante de una camioneta, detrás de la cual se asomaban las patas del animal tendido. Arturo comenzó a decir algo, pero Lara se bajó de un salto y se dirigió hasta allí. Lo siguieron.

El perro yacía muy quieto sobre el pavimento, con las orejas levantadas en actitud de alerta y la cola golpeando débilmente el borde de la cuneta. No era muy grande. Su pelo negro parecía intacto y relumbraba con leves destellos violetas a la luz del sol. Aún respiraba. Podían ver sus costillas subiendo y bajando muy rápido bajo la piel y escuchar un débil gemido de dolor cada vez que exhalaba el aire. Tenía los ojos abiertos, pero no parecían ya capaces de enfocar nada ni de darle a entender lo que estaba sucediendo a su alrededor. Lara se arrodilló junto a él y apoyó su mano vendada en el parachoques de la camioneta. Él notó a una mujer que se había asomado a una ventana, detrás de Arturo, y que, al toparse con su mirada, volvió a cerrar los postigos.

–Se atravesó… –dijo Lara.

–Sí sé, compadre –repuso Arturo–, nada que hacerle.

El perro dejó oír un débil aullido quejumbroso, como reclamando la atención de todos. Sus patas se sacudieron en un violento espasmo. Levantó la cabeza de pronto, abriendo el hocico, y luego la dejó caer como si algo se hubiera distendido en su interior. Sus ojos quedaron abiertos y fijos. Las patas volvieron a contraerse todavía una vez más, pero ya estaba muerto. Un hilo de sangre oscura y baba había empezado a caer desde el hocico y a formar un charco en el pavimento, bajo la cabeza. Lara se separó de la camioneta y le puso una mano sobre las costillas.

–Ayúdame a subirlo.

–¿Qué te pasa, huevón? –dijo Arturo.

–Quiero subirlo a la vereda.

–¿Y para qué?

Lara no contestó. Arturo negó con la cabeza y retrocedió un paso.

–¿Pedro?

Él se agachó y lo tomó por las patas traseras. Pudo sentir la tibieza de la piel y los huesos resbalando debajo.

–¿Te lo vas a poder? –le dijo a Lara, indicando hacia su mano.

–Seguro.

Lo levantaron. Pesaba mucho más de lo que él había esperado y vio que Lara trataba de sostener la mayor parte de la carga con la mano izquierda. Subieron a la vereda. Pensó que iban a soltarlo contra el muro de la casa, pero Lara le dirigió un gesto con la cabeza y comenzó a retroceder hacia el auto, rodeando la camioneta. El cuerpo del perro se hundía hasta arrastrar el lomo por el cemento. Su cabeza bamboleaba de un lado a otro, con la lengua colgando entre los dientes, y golpeaba los tobillos de Lara. Lo dejaron caer junto al auto. Lara lo rodeó, sacó las llaves a través de la ventanilla y abrió la maletera.

–¿Qué quieres hacer? –dijo Arturo.

–No podemos dejarlo ahí tirado.

–¿Por qué no, huevón? –replicó Arturo, apretando los labios y mirando en dirección al semáforo–. No fue tu culpa, la mierda se atravesó.

Lara bajó la vista y se miró los rastros de sangre en los pantalones. Él pudo ver que le costaba un gran esfuerzo oponerse a Arturo, quien, después de dirigirle un gesto de impaciencia, se sentó en el asiento trasero y cerró la puerta. Ellos esperaron todavía un momento antes de recoger al perro. Lo subieron de un envión para apoyarlo en el borde de la maletera. Él vio un taxi que disminuía la velocidad y pasaba muy lento por su lado, pero se dio vuelta hacia Lara y esperó su señal para dejarlo caer. La cabeza dejó oír un ruido seco al golpear contra el fondo y una lenta ondulación lo recorrió de ida y vuelta, como a una bolsa de agua.

Lara se puso en marcha, dobló en el semáforo y, durante un largo trecho, nadie volvió a decir una palabra. Conducía exageradamente despacio, dejando que lo adelantaran las micros y tomando las curvas con suma precaución, como si mover al perro en la maletera constituyera un ultraje imperdonable, algo que podía empeorar aún más la situación.

–Si quieres te voy a dejar a tu casa –le dijo a Arturo después de muchísimo rato.

–Por favor.

Atravesó la Norte-Sur. Más adelante torció a la izquierda para cruzar el río. Estacionó frente al edificio de Arturo.

–¿Quién tiene la hierba? –dijo éste.

Él le entregó el paquete. Dio un portazo y lo vieron desaparecer en la puerta. Él tuvo la impresión de que su enojo no se relacionaba en absoluto con todo aquello, pero no dijo nada a Lara.

Se quedaron un rato sentados, en medio del olor acre del río que llegaba en oleadas hasta el auto.

–¿Y ahora qué?

–Habría que enterrarlo –repuso Lara, mirándose abstraído la venda que descansaba sobre la palanca de cambios.

Se puso en marcha. Anduvieron un rato sin rumbo por la ciudad desierta y luego se dirigió hacia su propia calle, no lejos del departamento de Irene, en los alrededores del parque.

–Ya sé dónde lo podemos dejar... –dijo en el camino.

Detuvo el auto a una cuadra de su edificio, frente a una valla de madera, cerca de un letrero de no estacionar. Trató de empujar el portón, que estaba asegurado con una cadena. Luego se dirigió hasta el extremo más alejado de la valla y empezó a patear uno de los tablones, hasta que consiguió desprenderlo. Él notó que un par de mujeres, que llevaban grandes bolsas de compras que parecían rellenas de más bolsas, se habían detenido en la vereda de enfrente, delante de un restorán chino. Luego echaron a andar despacio calle arriba, en dirección al cerro. Lara volvió hasta el auto y abrió la maletera. El perro había dejado una mancha oscura en el fondo. Tenía una burbuja de sangre entre los colmillos. Lo arrastraron a duras penas a través del hueco entre los tablones y se detuvieron al otro lado a recuperar el aliento.

El sitio estaba ocupado en su mayor parte por una fosa de paredes verticales donde se notaban todavía las huellas de máquinas excavadoras. Sobre la pared del extremo opuesto, equilibrados en el angosto espacio que quedaba entre el borde y una pandereta de ladrillos, se veían los restos de una construcción de madera, que se había desplomado en parte hasta el fondo de la fosa. Entre los desechos que cubrían el fondo, distinguió tres hileras de agujeros rectangulares que parecían haber sido excavados para asentar los cimientos de un edificio. Ante ellos, desde el portón, la fosa había sido rellenada con tierra para formar una rampa que permitía bajar en camión hasta el fondo.

Cuando por fin recogieron al perro y empezaron a andar, hundiendo la hierba seca, pensó que Lara se proponía arrastrarlo todo el camino hasta abajo. Pero después de recorrer unos diez o quince metros, lo soltaron otra vez. Lara le giró suavemente la cabeza con la punta de su zapato hasta que quedó dirigida en el mismo sentido que el cuerpo. Luego retrocedió unos pasos y se encajó las manos en los bolsillos.

–Mierda –dijo, sin levantar la vista del cadáver, separándose la tela de la camisa empapada de sudor de la piel de su estómago con suaves tirones–, mierda.

Él miró hacia el edificio que se alzaba detrás, donde el reflejo del cielo no dejaba ver a la gente asomada detrás de los cristales, y echó a andar hacia el hueco.

El bus atravesó un pueblo en la noche: dos hileras de casas separadas por la carretera, que constituía su única calle. Una calle principal desfasada, pensó, demasiado rápida para el ritmo con que debían transcurrir las existencias en ese lugar. En el interior de una de las viviendas alcanzó a distinguir el parpadeo de un árbol de Navidad. En otra, los pantalones claros de un hombre sentado sobre un caballete, bajo una luz cruda. Enseguida desapareció y el bus siguió atravesando el desierto. En ese tramo parecía remontar un valle estrecho entre dos cadenas de cerros. Por encima del zumbido cambiante del motor, le llegaban las voces de una conversación entablada tres o cuatro filas más atrás, a través del pasillo. Unos minutos más tarde, vio desplegarse en el costado opuesto del bus las luces poderosas de una refinería, en la que una gigantesca estructura tubular giraba pesadamente sobre sí misma, conectando dos agrupaciones de edificios en medio de densas nubes de vapor. El bus adelantó una fila de camiones que parecían dirigirse de un punto a otro del complejo y se internó otra vez en la oscuridad.

Cruzó la amplia terraza de baldosas polvorientas y apoyó las manos en la baranda para mirar hacia abajo. Arturo estaba sentado en el lugar de siempre, con la espalda apoyada contra el muro cerca de la caseta del ascensor. Lara estaba de pie, justo debajo de la baranda, intentando equilibrarse en uno de los cables. Sostenía una botella de whisky. Trataba de avanzar extendiendo los brazos y balanceándose de un lado a otro como en una cuerda floja. Después de un rato levantó la vista hacia él, sonrió y se dejó caer aparatosamente hacia un lado.

–Llegaste tarde –gritó, levantando la botella vacía. Él notó que ya no llevaba la venda.

El edificio contiguo era cuatro o cinco metros más bajo. Había que saltar la baranda y descolgarse hasta una saliente de cemento. Luego seguir pegado a la pared, cuidando de no pisar la canaleta que corría por el borde, hasta una pequeña plataforma elevada dos metros sobre el piso. En el extremo más alejado, una escalera sin balaustrada descendía hasta la azotea. En los escalones más altos, lo asaltaba siempre el temor de perder el equilibrio y precipitarse al vacío: ocho pisos hasta el pavimento. Bajo la plataforma se veían trizaduras y una larga grieta que atravesaba la mayor parte de la losa pegada al muro, a través de la cual se podía ver el cielo. La primera vez que había subido hasta ahí, Arturo le había dicho que estaba prohibido caminar encima por el peligro de un derrumbe y que en otro tiempo había sido la tarima para sentar a los músicos en reuniones sociales.

–Ya no queda nada –dijo Lara, saliéndole al encuentro con una amplia sonrisa.

–Así veo.

Lara se dio vuelta, echó a andar hacia Arturo y tropezó con una de las cañerías que atravesaban a ras de piso. Lo vio caer como en cámara lenta. Apoyó una mano en el cemento y rodó sobre su espalda, protegiendo la botella con el cuerpo. Luego se levantó de un salto.

–Por lo menos se salvó, compadre –dijo y alzó la botella para beber una última gota de whisky.

Parecía un mal actor simulando una borrachera, pensó.

–¿Les queda hierba?

–En el departamento –repuso Lara súbitamente serio.

Con la mayor naturalidad, como si una cosa llevara a la otra, tomó impulso y arrojó la botella, que se hizo añicos en el piso, bajo la plataforma. Él se apoyó en la pared de la caseta, junto a Arturo, y dejó caer su peso hasta quedar en cuclillas.

–Hola.

–Mira quién está aquí –dijo Arturo como si recién lo reconociera–, el Pedrito.

Le palmeó torpemente la espalda.

–La Cristina me dijo dónde encontrarlos.

Arturo asintió. Se quedó mirando con expresión vacía hacia un reguero de óxido que caía desde la canaleta y parecía la sombra de algo. La azotea era larga y estrecha, dividida en dos mitades de forma irregular, conectadas por el angosto trecho entre el ascensor y el patio de luz, cuyo fondo quedaba siempre en tinieblas. En ese espacio había una claraboya cubierta por una gruesa costra de polvo, que era necesario saltar para ir de una mitad a la otra. El año anterior habían desmantelado un enorme letrero de neón que la atravesaba en diagonal desde la esquina sur del edificio hasta el techo de la caseta. Les había tomado casi un mes desmontar la estructura y bajar los tablones y las vigas de soporte y los tensores por el hueco de la escalera. Sólo habían dejado los cables, que yacían desparramados por todas partes como serpientes. Ése era el lugar favorito de Lara, el único motivo por el cual, según decía, jamás iba a dejar su departamento.

–¿Cómo va todo?

–No me puedo quejar –dijo Arturo, aflojándose mecánicamente el nudo ya suelto de la corbata.

–Te ves cansado.

Arturo asintió, mirando por entre las sábanas tendidas a Lara, quien intentaba equilibrarse en el mismo trozo de cable.

–Me voy a ir al norte –dijo él.

–¿Cuándo? –repuso Arturo después de mucho tiempo.

–Mañana en la noche, si hay pasajes.

–¿Adónde vas?

–No sé todavía –dijo él–. Un compañero de la escuela me dijo que lo fuera a visitar a Iquique, a la casa de su familia. Pero creo que me voy a dedicar a recorrer...

–¿Por cuánto tiempo? –quiso saber Arturo.

–Hasta que me alcance la plata.

Él se puso de pie y apoyó el estómago contra el muro. Desde esa altura se podía distinguir la cúpula de un cine y, más a la derecha, entre dos edificios, el sitio baldío donde habían dejado al perro. Recordó al perro. Lo sorprendió no haber pensado en él hasta entonces. Descubrió que, aun contra la luz oblicua del sol, podía distinguir un triángulo de pasto amarillo por encima de la pandereta y el desnivel que empezaba a bajar hasta el fondo de la excavación.

Bordeó la claraboya y se dirigió hacia Lara.

–¿Claudio?

–¿Qué?

–¿Enterraron al perro?

–No, compadre, se nos olvidó –dijo Lara.

Bajaron juntos hasta la calle y recorrieron el trecho hasta la valla, donde el hueco aún no había sido reparado. Entraron.

Avanzaron por el pasto seco y alto, que les clavaba los tobillos, con precaución, como si algo terrible estuviera esperando entre la maleza dispuesto a saltar sobre ellos al menor paso en falso. El hedor les llegó de golpe. Lara se detuvo delante de él y señaló el lugar. Desde ahí no se alcanzaba a distinguir muy bien la forma del perro, pero sí la actividad frenética, vertiginosa de los gusanos. Se paró junto a Lara y se forzó a respirar por la boca. Por algún motivo, le daba la impresión de que ése no era el sitio exacto donde lo habían dejado. No estaba seguro, pensó, pero lo recordaba un poco más a la izquierda, más cerca del borde de la fosa. Como si el oleaje de los gusanos hubiera podido arrastrarlo.

Lara estiró los brazos y luego retrocedió hacia la valla. Se apoyó contra una pila de tablones, arqueándose como si fuera a vomitar. Unos minutos antes, al bajar las escaleras, él había pensado que debían conseguir palas y picotas para enterrar al perro. Pero ya no había caso. Yacía sobre un costado, con la cabeza extendida hacia arriba en una extraña contorsión y el hocico abierto. La piel se había vuelto dura y quebradiza, y parecía muy frágil. Quiso tocarla. Acercó cautelosamente la punta de su zapatilla a la cabeza, pero lo disuadieron los racimos de gusanos que asomaban por las orejas y las cuencas de los ojos. Las patas del costado derecho no tocaban el suelo; se elevaban un poco como si el perro hubiera querido girar sobre su lomo. Las costillas de ese flanco habían quedado a la vista por encima de la masa convulsionada de larvas. Permaneció allí, sin poder desviar la mirada, hipnotizado. Los gusanos eran blancos, con una pequeña mancha oscura en lo que debía ser la cabeza. Habían cavado intrincados túneles en la carne, galerías que conectaban el hocico con los ojos, o el cuello con la abertura del abdomen. Notó que nadaban en un líquido espeso y brillante, todos en la misma dirección, describiendo un amplio giro; al llegar al extremo horadaban la pared de carne y luego parecían retroceder, siguiendo el sentido de la rotación, como los dientes de una sierra.

–¿Pedro, vamos? –gritó Lara. Tenía un pie apoyado en lo alto de los tablones, cerca del hueco, y su rostro parecía desencajado. Él le indicó con un gesto que lo esperara un rato más y lo vio agacharse y desaparecer hacia la calle. Miró las pálidas luces que habían empezado a iluminar las ventanas contra el cielo color violeta y pensó que debía hacer algo al respecto. Sopesó el encendedor y contempló la idea de rociarlo con gasolina y prenderle fuego. Pero aquello era imposible en medio del pasto seco, se dijo. El encendedor resbaló de su mano. Se inclinó para recogerlo y no pudo reprimir un escalofrío cuando sus dedos rozaron la maleza.

El auxiliar lo despertó en el momento en que el bus atravesaba un pueblo. Exhausto, esforzándose por desentumecer sus músculos, hizo una seña interrogativa hacia los pórticos techados que desfilaban por la ventanilla en la luz azul del alba.

–Pozo Almonte –explicó el auxiliar en voz baja y se alejó hacia la parte delantera.

Él se reclinó en el asiento, cerró los ojos y tuvo la impresión de que, por una fracción de segundo, volvía a sumirse en el sueño. El bus se detuvo y comprendió que era para dejarlo a él. Al descender los escalones notó que el conductor era otro que el que había visto la tarde anterior en Lagunas, un hombre mayor que lo despidió con una inclinación de cabeza. Al bajar al descampado, vio que se habían detenido en un punto intermedio entre el pueblo y la intersección del camino que conducía a Iquique. Se sentía mareado por el sueño y tenía la impresión de que el terreno seguía avanzando bajo sus pies, obligándolo a dar cortos pasos laterales para mantener el equilibrio.

–¿Cuál es el tuyo? –dijo el auxiliar, señalando el equipaje.

Señaló el bolso y el otro lo extrajo de un tirón y lo dejó caer sobre el polvo.

–La micro pasa a las siete –agregó.

En cuanto la puerta se cerró con un sonido hermético, lo asaltó la certidumbre de que había cometido un error. El bus se puso en movimiento, dejándolo abandonado a su suerte. Lo vio avanzar señalizando en dirección al cruce y luego doblar por delante de lo que parecía un pueblo entero en ruinas y alejarse forzando el motor en dirección a Iquique. Apesadumbrado, se sentó sobre el bolso en la berma cubierta de arena. Encendió un cigarrillo y arrojó el humo por la nariz en el aire inmóvil, invadido por un desaliento pleno. El sol comenzó a quemarle la piel de la nuca en el preciso instante en que traspuso el horizonte. Pensó que su decisión no había sido necesariamente un error. La idea de dejarse conducir hasta Iquique ensombrecía su ánimo en lo que parecía la medida exacta a encontrarse en ese sitio. Más bien, se dijo, aquello era la resultante de una larga cadena de errores, un eslabón más en un intrincado diseño de iniciativas fallidas, que no conducía, tal vez como todas las anteriores, a ninguna parte.

La micro apareció desde el pueblo después de mucho tiempo, cuando ya había perdido la noción de la espera transcurrida. Se detuvo ante él sin que le hubiera hecho ninguna señal.

–¿Adónde llega? –le preguntó al conductor, un hombre enjuto que conducía con los ojos entrecerrados y el mentón casi pegado al volante horizontal, como un pianista.

–Huara.

Subió. Se sentó en el lado de la sombra y vio pasar aquellas ruinas, al final de las cuales se divisaba una gran chimenea oxidada, sostenida con cables a tierra, y luego la vasta extensión de la llanura vacía, que se desplegaba ahora muy lentamente y parecía el comienzo de un territorio imaginario, una inmensidad inabarcable con los sentidos, pensó, que sólo podía ser concebida del mismo modo que una idea abstracta.

Al cabo de una hora llegaron a Huara. Él se aproximó al conductor y bajó uno de los escalones metálicos para mirar las casas dispersas del pueblo a través del parabrisas.

–¿Para dónde va usted? –le preguntó el viejo, dejando que la máquina desvencijada atravesara el pueblo a la misma velocidad cansina que los había llevado hasta allí.

–A Pisagua.

Al salir otra vez al desierto, el viejo abandonó el camino para trazar un círculo en el polvo. Volvió a montarse en el pavimento en un sitio donde se veía la marca de un patinazo y emprendió el camino de regreso. Paró ante un kiosco de bebidas, que estaba provisto de una barra y taburetes al aire libre, además de un alero angosto que proporcionaba el único refugio del sol hasta donde él podía ver. Señaló, por encima del techo del kiosco, hacia un camión pequeño estacionado frente a una casa de dos pisos.

–Ésos son de Pisagua –dijo.

–Gracias.

Bajó y se dirigió hacia el camión, que era azul, con barandas de madera en los costados de la caja y marcas de desabolladuras color óxido en la cabina, y que estaba impregnado de olor a pescado. Un hombre de barba, que llevaba un casco blanco de construcción, estaba sentado al volante.

–Buenas tardes –dijo él.

–Buenas.

–¿Me podría llevar a Pisagua?

–Ahora vamos a Iquique –repuso el hombre indicando hacia la carretera, donde la vieja micro iniciaba su lento recorrido de vuelta hacia el sur–. Pero si sigue por acá cuando pasemos de vuelta, lo llevamos.

–¿A qué hora cree que va a ser eso?

–Como a la una.

3

De un momento a otro, sin advertencia, el camión traspuso el borde de un acantilado. Él se incorporó, apoyó las manos contra el techo incandescente de la cabina y tuvo por un instante la impresión de que se habían arrojado sencillamente al vacío. El hombre del casco se precipitaba con ferocidad cuesta abajo. Durante la última media hora había descendido por el fondo de un desfiladero sin sombra, dejando que las ruedas derraparan en las curvas, lanzando pequeñas olas de arena hacia los costados. Ahora no había curvas. El camino cortaba hacia el sur la ladera casi vertical de los promontorios en un solo trazo enérgico; al fondo se divisaba, muy abajo, el pueblo. Le llegó el aroma salobre del mar. Contempló desde la altura la superficie oscura del agua que se extendía, sin pliegues, hasta la comba del horizonte. Los cerros formaban una bahía muy abierta, en cuyo extremo protegido había sido levantado Pisagua, que lo hizo pensar, mientras se desplegaba a su paso en un ángulo de suave aterrizaje, en las ruinas de un bombardeo.

El conductor bajó la velocidad para tomar la curva que culminaba el descenso y frenó delante de un edificio blanco de aspecto lúgubre, que debía haber sido en otros tiempos el hospital.

–Aquí nos desviamos –gritó, sin asomar la cabeza por la ventanilla.

Pedro apoyó su bolso en el parachoques y saltó a tierra.

–Gracias.

–Cuando se le ofrezca –repuso el pescador.

El camión continuó una media cuadra rumbo al pueblo y luego giró bruscamente a la izquierda y descendió hasta el borde del mar. Rodeó una gran bodega desvencijada y enfiló hacia un muelle, alrededor del cual se mecía una docena de botes inmóviles, como si quisiera ir a arrojarse directamente al agua. Se detuvo. Sus ocupantes atravesaron una rampa inclinada de cemento y desaparecieron de inmediato tras el muro de cinc de la bodega, sumiéndolo por un instante en una inexplicable sensación de desamparo.

Escuchó una risa apagada a sus espaldas. Alzó la vista hacia el hospital y pudo distinguir la silueta de un niño pequeño de pie en el hueco negro de la puerta. Lo saludó con la mano, pero la sombra no hizo el menor movimiento. Contempló la imponente fachada descolorida, que se inclinaba de un modo amenazador sobre el muro de piedra que le servía de apoyo, con la impresión de que había estado esperando su llegada para terminar de desplomarse. El edificio no tenía un solo ángulo recto; las líneas de la fachada y los pilares que sostenían la cornisa del segundo piso parecían converger levemente hacia lo alto, como un dibujo en perspectiva. Todavía con el bolso levantado, consideró la posibilidad de subir la larga escalera irregular que ascendía en vilo hasta la puerta, pedir un sorbo de agua y refugiarse durante algunos minutos de la luz opresiva, incesante del sol. Pero no lo hizo. En cambio, escaló la pequeña loma calcinada que se erguía frente al hospital, inmediatamente encima del muelle, para tener una visión panorámica del pueblo, que desde allí parecía haber sido arrasado y luego vuelto a erigir en desorden. En algunos puntos de la ladera se veían construcciones nuevas de cemento, sin pintar; todo lo demás daba la impresión de haber sido recompuesto con materiales de desecho, de modo provisorio, como a la espera de marcharse en el momento menos pensado a algún sitio mejor. En otros lugares se divisaban las huellas, como cicatrices en el terreno polvoriento, de construcciones más antiguas, lo que permitía formarse una idea de los límites que aquello había tenido en otra época con el paisaje. Desde allí se veían los pilotes de un muelle derruido, que se adentraban en el mar en diagonal. Distinguió también la torre de un campanario, una mancha de árboles que debía ser la plaza y un tanque de agua enterrado a lo lejos en el acantilado, ondulando bajo el calor. Sobre los roqueríos, pudo identificar la pesada silueta del teatro y, detrás, lo que debían ser las ruinas del campo de concentración. El lugar parecía desierto. Durante unos momentos –apoyado contra el flanco de un viejo cañón que dominaba la loma, apuntando por encima de los botes pesqueros–, tuvo conciencia de la medida en que aquello no correspondía a lo que había imaginado y secretamente esperado de ese sitio. Con desaliento, permitió que la imagen anterior se fundiera en su mente con aquello que tenía ante los ojos hasta desaparecer.

Bajó hasta la calle y echó a andar en dirección al pueblo, tratando de pensar en ese asunto. Se dijo sin sorpresa que no tenía la menor idea de lo que lo había llevado hasta allí. Una línea tendida hacia Irene, pensó, aunque una línea débil. Una decisión impulsiva y hasta cierto punto arbitraria, reflexionó, tomada la tarde anterior, en Lagunas, casi para probarse a sí mismo que aún le quedaba cierta libertad de acción dentro del impulso mayor, también confuso, tentativo, de imponer distancia con todo, incluso con ella. Algo que no se relacionaba en nada con Brown, pensó. En definitiva, se dijo, aunque el caso hubiera persistido en el trasfondo de su mente a lo largo de esos meses, preocupándolo casi con independencia de Irene, Brown le resultaba indiferente. No podía esperarse mucho, resolvió sin palabras, mientras descendía por una abrupta calle erosionada en dirección a la plaza, dominado por una sorda desazón, de alguien que se hubiera recluido en un sitio como ése por su propia voluntad.

Atravesó la plaza desierta. Entrevió el brillo enceguecedor de las olas entre los troncos de unas palmeras bajas y polvorientas, y continuó hacia el norte por lo que parecía la calle principal. La calle, por algún motivo, no había sido trazada en el borde del mar, sino unos metros más atrás, de modo que las casas de ese costado, la mayoría en ruinas, le daban la espalda a una playa oscura llena de desperdicios. Al frente se alineaba una hilera de fachadas vacías, sostenidas con vigas, que le daban a todo aquello, contra el fondo amenazador de los acantilados, el aspecto de un decorado de cine. Al igual que en los breves pasajes transversales, la mayoría de las construcciones, cerradas con candados y tablas en las ventanas, parecía a medio desmantelar o reconstruir. Recorrió despacio la calle, arrastrando las zapatillas en la grava, en medio de una sensación de vaga inquietud. Trató de decidir si esa inquietud, algo como el presentimiento de una presencia invisible, provenía de aquellos signos de devastación –los muros derrumbados, los patios baldíos, las balaustradas incompletas, los balcones proyectándose en el vacío– y concluyó que no, que no era sólo eso lo que lo hacía desear encontrarse lo más lejos posible de allí.

Hacia el final de la calle, se detuvo bajo la sombra de un alero, frente a la puerta abierta de un almacén. Se asomó al interior. Esperó a que sus ojos se acostumbraran a la penumbra, en que se percibía un olor rancio mezclado con otro más débil, a detergente, hasta que pudo distinguir la forma de un mostrador de vidrio y unos estantes pintados de verde que ocupaban toda la pared del fondo, donde se alineaban tarros multicolores y botellas de licor, dejando entre sí grandes huecos vacíos. En el muro de un costado distinguió la foto de una mujer en una camiseta mojada, con los pechos en relieve. En el otro, casi enfrentándola, una imagen del mismo tamaño de la Virgen de Andacollo. Un teléfono metálico, que parecía haber sido instalado en la pared ese mismo día, reflejaba en un pequeño rectángulo alargado su propia silueta contra la luz de la calle. Dejó caer pesadamente el bolso en el piso de tablas, pero no llamó en voz alta. Permaneció durante largo tiempo inmóvil en la fresca oscuridad, mirando hacia la calle desierta por entre los pilares del alero, hasta que un hombre entró con prisa por una puerta lateral, seguido por un perro gris. El animal rodeó el mesón y vino hasta él para olisquearlo, con dos hilachas de baba colgándole rítmicamente del hocico, agitando con alegría la cola. Permaneció un momento en el centro del cuarto, indeciso, y luego se dirigió hacia la calle. Su dueño, un hombre flaco y moreno, que llevaba uno de sus gruesos lentes cubierto con un parche blanco, había apoyado los puños en el mesón y lo miraba como si su presencia allí constituyera una ofensa imperdonable.

–¿Tiene agua mineral? –dijo él.

El almacenero destapó una botella y la dejó con un golpe suave sobre el vidrio del mostrador. Él la bebió despacio e indicó que quería otra. Lo asaltó la tentación de preguntarle a ese hombre si conocía a Brown. Aquello hubiera significado delatarse, cortar cualquier posibilidad de acercamiento, si no se había marchado ya de ese lugar ominoso. Tarde o temprano terminaría por enterarse de que alguien lo había estado buscando. Eso significaba, pensó, llevar el asunto de golpe hasta sus últimas consecuencias. Después de eso sólo quedaría absorber lo que la gente del pueblo quisiera informarle sobre el tío de Irene y largarse de allí sin más demora. En caso de que Brown fuera el verdadero objetivo para haberse dirigido hasta allí, lo que no estaba claro en absoluto.

–¿Sabe dónde hay un hotel por aquí? –preguntó.

–La casa de aquí al lado, la amarilla –contestó el hombre, lanzándole con su único ojo visible una mirada de desprecio–, es una residencial. Todavía no pintan el letrero.

–Gracias.

Terminó la segunda botella y la depositó con cuidado sobre el mostrador.

–¿Cuánto es?

–Quinientos –dijo el almacenero.

Pagó y salió otra vez al calor.

La casa que debía ser la residencial tenía dos puertas exactamente iguales, que no parecían haber sido abiertas en largo tiempo. Se decidió por una e hizo sonar una aldaba, que retumbó en la calle vacía. Esperó largo rato y volvió a llamar. Vio que uno de los postigos del segundo piso se abría, lo suficiente para espiar hacia el exterior, y volvía a cerrarse. Después de un largo minuto escuchó pasos en una escalera y el descorrerse de un pestillo. Se abrió una de las puertas, la otra, y una mujer muy gorda, que hubiera tenido que abrir ambas hojas para pasar por el hueco, asomó la cabeza a la luz deslumbrante de la calle.

–¿Aquí es la residencial? –dijo él.

La mujer asintió, todavía cegada por el resplandor. Él notó que las marcas de una almohada le cruzaban un lado de la cara.

–La persona encargada no está –dijo la gorda secamente.

–¿A qué hora vuelve?

–En un rato.

Él distinguió los escalones de madera que trazaban una curva en la penumbra, por encima del rostro de la mujer. La idea de pasar allí la noche hizo que un escalofrío le bajara por la espalda.

–¿Podría dejar aquí mi bolso? –preguntó.

La mujer torció su ancha boca en un gesto de incredulidad. Luego tomó el bolso por las manillas y lo introdujo a través de la puerta como si hubiera sido algo inmaterial.

–Vuelva en media hora –dijo y cerró la puerta.

Atravesó la calle en dirección a la plazoleta que enfrentaba el teatro. El teatro era una enorme estructura de cinc corroída por el óxido, levantada en el borde mismo del mar. Parecía un galpón o un hangar en desuso al que hubieran adosado una fachada neoclásica. El frontis había sido pintado recientemente de blanco y azul como para resaltar la incongruencia. Caminó hasta la playa por el costado del edificio, apoyando cada cierto trecho las manos en las planchas candentes de cinc, que parecían muy frágiles. Ahuecó las manos para mirar por una rendija y pudo distinguir una vasta oscuridad perforada de puntos luminosos, cruzada en todas direcciones por haces de luz polvorienta. A esa hora la fachada proyectaba una franja de dos metros de sombra. Se sentó allí, con la espalda apoyada contra una de las columnas adosadas al muro, bajo el hueco de lo que había sido la boletería. Esperó.

Descubrió que tenía hambre y ganas de fumar. Pero había dejado sus cigarrillos en el bolso y prefirió no volver al almacén. Desde ese sitio podía ver una esquina del alero, pero la entrada quedaba oculta detrás del muro lateral de la primera casa de la calle. Ese muro estaba atravesado, desde el suelo pedregoso hasta la canaleta despedazada del techo, por un descomunal puño socialista. A un lado del mural se veía un pelotón de fusilamiento y en el otro un paisaje infernal: la silueta de un cerro erizado de cruces y figuras retorcidas de dolor contra un fondo de llamas rojas y humo negro. En la base del puño, una leyenda había sido metódicamente cubierta con pintura celeste. Alguien había escrito encima VÁYANSE CONCHAS SU MADRE con negras letras cada vez más apretadas porque habían calculado mal el espacio. Se quedó observando los fusiles del pelotón, que parecían desproporcionados en relación al tamaño de los soldados, y luego los árboles de la plazoleta, raquíticos y retorcidos por el peso del calor, que tenían los troncos pintados del mismo blanco de la fachada. En lo alto de la ladera vio otra vez la torre del campanario, que dominaba el pueblo desde la cima de un promontorio rocoso. Quiso distinguir la hora en el reloj, pero no era posible desde allí. Notó que habían construido un balcón rodeando sus cuatro costados, como en un minarete; imaginó cómo se vería todo aquello desde esa perspectiva, y decidió que no mejoraría demasiado las cosas.

Se sorprendió observando fijamente la puerta de la residencial, preguntándose si ya había transcurrido media hora. Pero no había visto regresar a nadie. Se puso de pie y traspuso otra vez el filo de la sombra. Continuó por un callejón que se desviaba desde la plazoleta en dirección a las ruinas de la playa. Dejó atrás el frontis de una iglesia abandonada, que desde lejos le había parecido formar parte también del teatro. Al final del callejón distinguió, bajo la sombra de una palmera, a un carabinero que se esforzaba por secar la carrocería de un jeep policial, con las mangas subidas y grandes manchas de sudor bajo los brazos de la camisa verde. El jeep parecía nuevo. Pensó que se volvería a ensuciar antes de haberse alejado cien metros de allí. El policía lo saludó con una inclinación de cabeza y él apuró el paso, tratando de aparentar instintivamente que se dirigía a alguna parte.

Al final de ese callejón se terminaba el pueblo. Prosiguió ahora por el borde de los roqueríos hasta lo que había sido la estación de trenes: una construcción alargada con un gran techo oblicuo que se proyectaba para formar el alero del andén. El interior apestaba a orina y a alquitrán. Entre las ventanas cruzaba una leve brisa que no había sentido afuera y que lo llenó de alivio. El piso de tablas había sido arrancado y se notaban unas marcas de tiza incomprensibles en la tierra endurecida. En un rincón dormitaban seis o siete gatos, uno de los cuales maulló quedamente al sentirlo acercarse y saltó hasta el vano de una ventana. Él miró hacia el norte en dirección a los acantilados y trató de imaginar por dónde había descendido hasta allí la línea del ferrocarril, pero no vio ningún sitio donde pareciera posible.

Atravesó una explanada de cemento rumbo a las ruinas del campo de concentración. Las ruinas parecían recientes. Había allí un gran recinto rectangular, del que sólo quedaban los ásperos cimientos y una serie de construcciones menores levantadas casi encima de las rompientes, cuyos muros se mantenían aún en pie. Desde allí se extendía hacia el norte una playa muy angosta; al final se divisaban otras ruinas similares. Se sentó a la sombra de un muro, de espaldas al mar, y se quedó observando sin interés el trazado de ese recinto, distraído por el tumulto que formaban las gaviotas en la arena. En la cima de una colina que dominaba el comienzo de la playa, casi en línea recta sobre él, distinguió la silueta de dos hombres que parecían observarlo. Vio que estaban de pie no sobre el cerro, sino en lo que parecía una plataforma de madera levantada sobre pilotes. Se alejó de las ruinas y empezó a escalar la abrupta pendiente en dirección a ellos.

Le tomó más tiempo y esfuerzo de lo que había calculado ascender hasta ese lugar. A mitad de camino vio que los hombres estaban discutiendo entre sí y siguió avanzando penosamente hasta que descubrieron al intruso y se quedaron como congelados en el borde del piso de tablas. Reanudaron su conversación hablando en voz baja, sin quitarle los ojos de encima. Luego uno de ellos, el que parecía más joven, desapareció de su vista. Cuando por fin llegó a la cima de la loma, pisando en falso sobre el declive irregular, tenía un sabor agrio en la boca y una puntada de dolor en un costado. El sudor le empapaba el rostro y descendía por su cuello y su espalda. En ese momento comprendió que aquel hombre, que lo observaba con los brazos cruzados desde lo alto de la plataforma, debía ser Brown. También se dio cuenta de que no tenía la menor idea de lo que iba a decir a continuación. Podía pedir agua, pensó, pero no le pareció un pretexto demasiado afortunado para haber hecho el esfuerzo de subir hasta allí.

—Buenas tardes —dijo en un jadeo y se detuvo a recuperar el aliento.

–Buenas…

Dejó transcurrir un largo silencio. Luego dijo:

–¿Sabe cómo se llega al cementerio?

El hombre asintió con impaciencia. Era bajo y delgado. Llevaba unos pantalones amarillos muy amplios que parecían de un pijama, una camiseta blanca sin mangas y guantes de carpintero que le daban la apariencia de un boxeador. Representaba más o menos la edad que había dicho Irene: sesenta años. Tenía el escaso pelo muy corto, con el aspecto de haberse afeitado la cabeza sólo una semana antes, y una barba blanca del mismo largo. Sus ojos se clavaron en un punto por encima de Pedro, como si estuviera tratando de resolver algo que al mismo tiempo lo incluía a él y lo desbordaba.

–¿Piensa ir a pie? –preguntó.

Él asintió sin demasiada convicción.

–¿Ve ese camino de allá? –dijo el hombre señalando un punto incierto del acantilado, más o menos a la altura de la torre del campanario–. Ése llega al cementerio.

–¿Queda muy lejos?

El hombre hizo un gesto distraído. En vez de agregar algo más, se dio vuelta y se alejó dando largos pasos sobre las tablas.

Él subió a la plataforma, que era la base de una casa. Vio que el tipo más joven había empezado a alejarse por una huella que descendía describiendo una curva hacia el pueblo. El hombre del pijama lo alcanzó y prosiguió de inmediato la discusión, gesticulando y empuñando los guantes como si fuera a iniciar una pelea. El otro lo escuchaba con la vista baja, encogiéndose de hombros cada cierto tiempo como para indicar que, fuera cual fuera el problema que los inquietaba, no había mucho que hacer al respecto. Había otro hombre allí. Un tipo bajo y muy moreno, que parecía mayor que Brown, y que se estaba lavando abstraídamente el torso y el pelo ante una llave de agua, como si nada de eso le incumbiera en absoluto.

Desde allí se dominaba una vista del pueblo y la bahía que en cualquier otro sitio hubiera sido extraordinaria. El entablado rectangular, levantado apenas sobre el nivel del terreno, le comunicó por unos momentos una sensación de seguridad en medio de aquel paisaje áspero y abrupto, como de haber alcanzado una tabla de salvación. La superficie se veía limpia y reluciente, excepto por algunos formones y lienzas y escuadras amontonados en una esquina. A su alrededor, en cambio, reinaba el desorden. En torno a la llave de agua, encerrada por un semicírculo de montículos de grava y tierra, se veía en el suelo una gran mancha de concreto, donde habían hecho la mezcla para rellenar los hoyos de las vigas. A su derecha se alineaban dos mesones de carpintero, al pie de uno de los cuales se veía un enorme baúl desvencijado de cuero desbordante de herramientas. Había también allí una mesa cubierta con lona, una tina de hierro esmaltada de cuyo interior sobresalía un excusado nuevo envuelto a medias en papel de diario, tarros de alquitrán y barniz y pintura, rollos de alambre y cable eléctrico, tubos de plástico, balones de gas, envases de aceite para auto, sacos de carbón, dos lámparas de parafina, una escala de tijera acostada, un par de sillas, bidones de agua, maletas, unos tarros de plástico llenos de clavos, con marcas hechas con lápiz para indicar las pulgadas, ollas, sartenes, latas de comida, bolsas de alimento para perros, una carretilla sobre la cual se equilibraba lo que parecía una pequeña cajonera o un velador, palas, picotas, sacos de cemento, etcétera. Detrás de los mesones habían estacionado una camioneta que parecía nueva, aunque cubierta de una gruesa costra de polvo y barro, cargada con bidones de gasolina y planchas de plumavit. En el comienzo del descenso, más o menos a la altura donde los hombres proseguían la discusión, se equilibraba una pequeña casucha de madera y calamina que debía ser una bodega. En el costado protegido del viento se veían dos montones de madera casi de su misma altura, elevados sobre unos armazones de tablas que compensaban el desnivel del cerro y cubiertos con lonas que ondeaban levemente en una brisa imperceptible.

El hombre de los guantes se separó de pronto del otro y vino hasta él. Cruzó junto al viejo, que se alejaba para reunirse con su compañero, sin molestarse en responder su gesto de despedida.

–¿Sabe qué? –dijo antes de llegar hasta él, con el aspecto de estar haciendo un gran esfuerzo por absorber su irritación y de no haberlo conseguido del todo–. Yo puedo llevarlo al cementerio si quiere… ¿Puede esperar unos diez minutos?

–Seguro –respondió él, considerando con desánimo que no tenía muchas otras opciones. En ese momento, pensó, sólo deseaba ponerse al abrigo del sol y tenderse a descansar.

El hombre se sacó los guantes y los arrojó sobre el entablado. Se dirigió luego a la camioneta y comenzó a revolver el contenido de la caja. Se quedó allí mucho rato, estudiando algo que quedaba fuera de la vista de Pedro. Él vio cómo los otros desaparecían loma abajo en dirección al pueblo y fue hasta la llave. Probó el agua, que sabía a azufre. Se puso a estudiar con desaliento el contenido de los bidones hasta que el otro encendió el motor de la camioneta y lo llamó con una nota seca de la bocina.

Subió. El hombre arrancó a toda velocidad cerro abajo como si quisiera vengarse de ese modo de la afrenta que había sufrido. Antes de llegar al final de la bajada, dobló por detrás de las casas nuevas de cemento que había divisado desde el hospital. Continuó rodeando el pueblo hasta la altura del campanario y luego giró en U y tomó una huella que ascendía por la ladera en dirección al norte.

—¿Qué anda haciendo por acá? —inquirió el hombre, sin dejar de observar el camino con una mirada torva—. ¿Es comunista?

Se echó a reír.

—Ando recorriendo no más —dijo él, inseguro del rol que le correspondía en aquello.

—¿Anda solo?

—Sí.

—¿A qué se dedica?

—Soy estudiante —señaló él sin entusiasmo—. Estudio arquitectura.

El otro lo miró de soslayo e hizo un gesto abstraído de aprobación. El camino se elevó hasta casi un tercio de la altura del acantilado y luego comenzó otra vez a descender; él miró hacia atrás y vio que el pueblo había desaparecido.

—A propósito... —dijo el otro, tendiéndole la mano—. Me llamo Jorge Brown.

—Pedro Flores.

Brown frenó un poco para tomar una curva y sacó de debajo del asiento una botella de plástico cubierta con un calcetín mojado. La destapó sin apuro y bebió un largo trago. Luego se la tendió.

—¿Tiene sed?

—Gracias.

El calcetín era blanco, con dos rayas rojas cerca del gollete. El líquido tenía un sabor vagamente dulce, como de jugo en polvo muy diluido, pero estaba frío y lo sorbió con deleite, casi hasta vaciar la botella.

—Hijos de puta —exclamó de pronto Brown.

—¿Quiénes?

—Los carpinteros...

Él se quedó en silencio a la espera de una explicación, pero Brown volvió a sumirse otra vez en sus pensamientos. La camioneta descendió hasta un sitio en que los cerros se curvaban en una larga y angosta meseta, elevada unos diez o quince metros sobre las rompientes, donde se extendía el cementerio, que parecía del mismo tamaño del pueblo. Brown frenó, levantando una gran nube de polvo frente a un cobertizo techado que hacía las veces de arco de entrada.

–Lo voy a dejar acá si no le importa –dijo mirando a través del parabrisas hacia aquel campo de cruces que parecía un bosque incendiado–. No puedo dejar la obra sola por mucho rato... Así sólo va a tener que caminar la mitad.

–Gracias –dijo él, tratando de imaginar el tiempo que le tomaría recorrer el camino de vuelta.

Brown esperó a que descendiera, hizo girar la camioneta sobre el terreno arenoso y se alejó acelerando en dirección al sur.

Permaneció durante mucho rato, tal vez más de una hora, sentado sobre el canto de un muro al resguardo del cobertizo, observando cómo las sombras de las cruces y de los armazones de pino oregón se estiraban por la pendiente ondulada. En un determinado instante descubrió la silueta de un pájaro que volaba a gran altura, casi rozando la pared rocosa. Permaneció absorto contemplando cómo el lento avance de ese pájaro negro, tal vez un jote, iba marcando una cota justo por debajo de la cima de los riscos. Ese lugar le parecía el punto más lejano posible de cualquier cosa que se relacionara con su persona, pero no por eso le daba la impresión de haber llevado las cosas al extremo. Aquello no traía nada a su mente, pensó, excepto una sensación de desencanto confuso. Volvía a dominarlo una impresión de fracaso, aunque sin comprender cómo ni exactamente en qué había fallado. Su viaje se le representaba como el resultado de un error de cálculo, como si hubiera recorrido todo ese trayecto simplemente para cansarse y no tener que pensar en aquello que debía ocuparlo realmente, y eso tampoco hubiera servido de mucho. Un esfuerzo inútil, decidió, un movimiento falso. Se dijo que debía regresar, o por lo menos marcharse de allí, lo antes posible, tal vez al día siguiente. Y le pareció que eso tampoco cambiaría demasiado su situación.

La huella por la que había llegado la camioneta parecía continuar por el interior del cementerio en un camino trazado a plomo entre el abigarrado desorden de cruces y lápidas de madera. Se dirigió por esa avenida principal en dirección al punto en que atravesaba entre dos muros enfrentados de nichos, las únicas construcciones elevadas del recinto y también la única señal de simetría. En el costado derecho, delante del muro, se abría un recinto clausurado con una reja metálica, una losa de piedra con una inexplicable fuente de mármol en el medio: un pequeño cementerio enmarcado dentro del otro. En las lápidas de los nichos se leían nombres italianos, con fechas y lugares de nacimiento y de muerte que daban cuenta de los caminos desiguales e improbables que habían llevado a toda esa gente hasta Pisagua. Al frente de ese cementerio se elevaba su doble maltrecho: el muro también con el aspecto de un edificio acostado, sin reja de protección ni fuente, en lo alto del cual se leía Sociedad de Beneficencia Peruana. Uno de los nichos estaba abierto y parte del ataúd colgaba hacia afuera, como si alguien hubiera intentado sacarlo a tirones y sólo lo hubiera conseguido a medias. Parecía un proyectil incrustado en la pared. Se aproximó y descubrió que la tapa del ataúd había sido removida y se podían ver los pantalones y los zapatos del cadáver, que estaba boca abajo. Más adelante salió del camino y se internó a la deriva entre aquel caos de cruces de distintas formas y tamaños, pero que parecían haberse desgastado todas al mismo ritmo hasta adquirir un aspecto de uniforme desolación, intentando leer las inscripciones e imaginar las diferencias de antigüedad y de distinción social entre unas y otras. De regreso en el camino, vio una serie de planchas de metal oxidado amontonadas en el suelo, que parecían haberse desprendido de un cobertizo bajo. A través de un hueco entre las planchas, se podía ver una suerte de subterráneo o fosa. Se agachó sobre ese hueco para contrarrestar la luz rasante de la superficie. Entre un desorden de vigas y planchas caídas, distinguió la figura de un hombre sentado contra un rincón con las piernas estiradas, en actitud de reposo. Parecía observar hacia lo alto, hacia él, con expresión inescrutable. Se quedó allí un rato tratando de distinguir sus facciones, que parecían borradas, como vistas a través de un fino velo de gasa. El cadáver llevaba una chaqueta o camisa en la que estaba escrito algo en caracteres asiáticos.

Apuró el paso en dirección a la entrada. Luego emprendió el ascenso por la huella polvorienta, preguntándose si no le convendría cortar por encima de los roqueríos. Pero decidió no hacerlo. Le tomó casi media hora coronar la cima de ese camino. Se detuvo allí para observar el sol, que pendía ahora muy cerca del mar, y el contorno del pueblo a contraluz. Emprendió el descenso, sintiéndose apesadumbrado y exhausto. En ese sitio lo invadía una extraña forma de cansancio, que no se relacionaba con el calor ni con su falta de sueño, ni con las más de treinta horas que había permanecido a bordo del bus, pensó, una ansiedad que no parecía provenir de sí mismo, sino del entorno y que repercutía en su estómago y en sus oídos como una vibración inaudible. Decidió que ese lugar le drenaba a uno las energías, que establecerse allí o siquiera dejar que pasara más tiempo de lo necesario correspondía a un lento pero sostenido acto de autodestrucción.

Al llegar a la altura de la obra, dejó el camino y descendió hasta allí casi en línea recta, enterrando los talones en el terreno blando y caliente, reprimiendo el impulso de echarse a correr cuesta abajo. Poco antes de llegar, divisó una pequeña cruz blanca levantada sobre un montículo de piedras. Brown estaba sentado en el borde de la plataforma. Se había puesto una camisa a rayas blancas y azules y tenía una escopeta atravesada sobre las rodillas. Él se sentó a su lado, en el sitio hacia el cual apuntaba la culata.

–¿Qué le pareció el cementerio?

–Interesante.

–Es que es todo muy bonito por acá –dijo Brown con una sonrisa traviesa.

Él no supo qué responder y se limitó a inclinar la cabeza y mirar hacia el sitio en que el sol acababa de desaparecer detrás de la arista del acantilado.

–¿Ya vio el teatro? –dijo Brown con el mismo tono sarcástico.

–Por fuera no más.

–Es el principal atractivo... No se lo puede perder.

Se quedaron mucho rato en silencio, lo que no parecía incomodar a Brown en absoluto. Él se dio vuelta y vio otra vez la cruz blanca en la ladera, que desde allí parecía sobresalir del techo de la camioneta.

–¿Y eso? –preguntó.

–¿Qué cosa?

–La cruz...

–Es mi perro, el Manolo.

Brown dejó que transcurriera otra larga pausa y luego agregó:

–Me lo envenenaron.

–¿En serio?

–Con una buena dosis... –dijo con desánimo–. Se puso a mear sangre. Con menos veneno me habrían dado tiempo de llegar a Iquique, al veterinario, pero se murió en el camino.

Él cerró los ojos y vio otra vez delante de sí la masa hirviente de gusanos. Su rostro se torció en una mueca involuntaria. Se preguntó si en ese terreno estéril habría gusanos o si el perro se conservaría más o menos intacto como aquel hombre del cementerio.

–¿Qué edad tenía? –preguntó.

–Siete meses, pero ya era grande… –contestó Brown, señalando la altura con la mano–. Era pastor alemán.

–¿Quién cree que haya sido?

–No sé.

–¿Y para qué lo habrán matado?

–No tengo idea. Lo que sí sé es que me dejaron sin guardián –Brown lo miró de un modo significativo y luego agregó–. Pensé en conseguir otro perro, pero me decidí por la escopeta. Uno no se apega tanto a una escopeta, ¿no?

Levantó el arma y apuntó hacia algún punto en las ruinas del campo de concentración.

–¿De dónde viene usted? –inquirió.

–De Santiago.

–Llegó en el camión azul, ¿no?

Él asintió. Luego dijo:

–Me tomaron en Huara.

–Tuvo suerte, supongo…

Volvió a apoyar la escopeta sobre sus muslos.

–¿Cuánto tiempo lleva usted por acá? –preguntó él, después de un rato.

–Van a ser ocho meses.

–¿Le gusta para vivir?

–Me encanta.

Él estuvo a punto de reír, pero Brown permaneció abstraído, con la mirada vuelta hacia adentro, como si su presencia allí resultara irrelevante.

–¿Hace cuánto que se dedica a la construcción? –insistió él.

–No me dedico a la construcción –dijo Brown, escrutándolo ahora directamente–. Ésta va a ser mi casa.

La idea de que alguien quisiera vivir en ese lugar lo llenó de un desasosiego que se esforzó por contener.

–Aproveché que el mercado estaba bajo –agregó Brown, con su sonrisa irónica– para comprarme el terreno.

–¿Qué pasó con los carpinteros?

–Parece que voy a tener que remplazarlos. Uno de ellos quiere dejar de trabajar la próxima semana. Me avisó hoy, el imbécil... Se va a casar.

—¿Y no puede seguir con uno solo? —preguntó él.

—Eso me dijeron ellos.

—¿Y?

—Les dije que entre los dos no hacen uno —respondió Brown y se largó a reír.

—¿Tiene apuro por terminar?

Brown se encogió de hombros.

—Prefiero que sean dos —dijo—, para que se acompañen entre sí...

Una bandada de gaviotas se aproximó planeando a su misma altura en dirección al sur. Avanzaban en formación. Brown se llevó la escopeta al hombro y las siguió con la mira.

—Es la forma que tengo de ganarme su confianza —dijo.

Él esperó, encogiéndose involuntariamente, el momento de la detonación, pero Brown no disparó. Siguió girando los cañones hasta que lo obligó a él a reclinarse y apoyar los codos en el entablado.

—De todas maneras sospechan de mí —agregó.

—¿Cómo lo sabe?

—Lo sé. En lo que respecta a las gaviotas, esta casa está emplazada en un pésimo lugar.

Brown bajó el arma y se quedó en actitud alerta, como a la espera de que volvieran a pasar en la dirección opuesta.

—¿Le ha disparado a alguna? —quiso saber él.

—No. No todavía.

—Eso no lo haría muy popular, ¿no?

Brown rió de un modo que a él le pareció forzado.

—Si usted se quedara aquí el tiempo suficiente, podría darse cuenta de lo que sienten —dijo.

—¿Y qué sienten por usted?

—Resentimiento... —dijo Brown, como si aquello fuera el comienzo de una larga enumeración.

A él le pareció que el otro lo estaba estudiando, midiendo. Pensó en Irene y se preguntó si aquello podía ser un signo de perturbación mental. No tanto, decidió, como construirse una casa en un lugar como ése. Aparte de esa extravagancia, se dijo, no parecía loco en absoluto.

—Esto no se traduce en nada violento, ¿entiende? —prosiguió Brown—. No es que se vayan a poner de acuerdo todas un día para atacarme. Saben que lo único que pueden hacer es esperar...

–¿Le molesta que no lo quieran?

–No es nada personal –concluyó.

El sol debía haberse ocultado. Aún había luz en el cielo, pero abajo las ruinas, la playa y la base de los cerros comenzaban a fundirse en una sola franja de color incierto. Brown se puso de pie y su silueta se recortó contra el filo gris de los acantilados. Se cruzó la escopeta por detrás de los hombros.

–¿Le puedo pedir un favor? –preguntó.

–Sí, claro.

–Tengo que bajar al pueblo para hacer una llamada. ¿Podría quedarse un rato por acá, hasta que vuelva?

–Seguro –dijo él.

–¿Dónde piensa pasar la noche?

–En la residencial.

–Puede dormir aquí si quiere –propuso Brown–. ¿Tiene saco?

–Sí.

–¿Y carpa?

–No.

–Yo le puedo prestar una.

–Gracias –dijo él.

Brown bajó la escopeta y se la entregó con un gesto que le pareció burlón.

–¿Tiene hambre? –preguntó–. Me quedaron de traer una corvina –continuó sin darle tiempo a contestar–. Si viene alguien con pescado, no le dispare.

Bajó del entablado y lo vio descender en dirección a la plazoleta del teatro. Se quedó de pie sobre el piso sosteniendo el arma, mientras comenzaba a rodearlo la oscuridad. Tenía frío y se sentía levemente afiebrado por efecto del sol. Se preguntó por qué, si había espacio para ello, la casa no había sido tendida paralela al mar, sino perpendicular, de modo que su lado más angosto daba al acantilado. Aquello, se dijo, no era la única cosa allí que no hacía el menor sentido.

Brown regresó más pronto de lo que había esperado. Encendió cerca de los mesones una de las lámparas de parafina, que arrojó a su alrededor una poza de luz fría atravesada por largas sombras oblicuas y que pareció intensificar la penumbra circundante. Fue hasta la camioneta y a su regreso le entregó la carpa. Comenzó a hacer un fuego.

–¿No vinieron a dejar el pescado?

Él negó con la cabeza.

–Sería bueno que empiece a montar la carpa –sugirió Brown.

Él la dejó caer en el suelo y se dispuso a descender a su vez por la huella.

–Dejé mi equipaje en la residencial –dijo.

–Buena suerte –escuchó que Brown reponía a sus espaldas.

Lo primero que escuchó fue el ruido del mar. Permaneció un rato boca arriba, intentando enfocar con la mirada el techo de la carpa, y luego salió. El sol no había traspuesto aún la cima del acantilado, pero se adivinaba ya en el aire seco e inmóvil el calor que se dejaría caer sin piedad sobre todo aquello en poco tiempo. Atravesó por entre los mesones en dirección al entablado y divisó a Brown, quien estaba sentado sobre sus talones cerca de la bodega donde había dormido y se esforzaba por cortar un grueso trozo de alambre, doblándolo y estirándolo muchas veces.

–Buenos días –dijo él.

–¿Cómo durmió?

–Bien, gracias.

–¿No lo molestaron los fantasmas? –le preguntó Brown con una sonrisa enigmática.

Terminó de cortar el alambre y enrolló un extremo alrededor de un clavo en la pared de la bodega. Luego se aproximó a una de las sillas, donde estaba hirviendo agua en una pequeña olla, sobre un anafre. Sirvió dos tazas de café instantáneo y le tendió una.

–Gracias.

Él se sirvió azúcar y sopló sobre el líquido hirviente.

–¿A qué hora vienen los carpinteros? –preguntó.

–Hoy no trabajan. Es domingo.

Regresó a la carpa para buscar sus cigarrillos y su cuaderno. Luego fue hasta el borde de la plataforma y se sentó. Las olas rompían ahora con detonaciones fuertes y regulares en la playa. El alboroto de las gaviotas le llegaba interrumpido por pausas de silencio, como a través de ondas expansivas. Se llevó un cigarrillo a la comisura de la boca y lo encendió. Inhaló el humo en profundas bocanadas. Comprobó que el tiempo transcurrido desde la tarde anterior no había hecho mella en su primera impresión de las ruinas y el pueblo, que le seguían causando una suerte de espanto desprovisto de sorpresa. Un espectáculo de siniestra devastación sin atenuantes, se dijo, un lugar al que nunca, por más que lo intentara, acabaría por acostumbrarse. Levantó la vista hacia los promontorios, que parecían vigilar con expresión sombría, pacientemente a la espera de que todo aquello, los últimos despojos de una antigua invasión, ya en la última fase de un deterioro irremontable, terminaran de ser devueltos otra vez a la nada.

Brown vino hasta allí y se quedó de pie junto a él, sosteniendo su taza metálica con las dos manos.

–¿Piensa ir al teatro hoy? –preguntó.

Él asintió.

–Si no le molesta, puedo acompañarlo.

–Para nada –dijo él.

Vio cómo el sol empezaba a teñir de rosado la espuma de las rompientes y esperó el momento en que sus sombras se recortaran contra las ruinas.

–¿Qué era eso? –inquirió después de un rato, señalando hacia la explanada de cemento y las construcciones despedazadas, con la vaga intención de que Brown describiera el campo de concentración. Éste esperó un largo rato antes de contestar:

–Pesqueras –dijo.

–¿Cuál es el campo de concentración?

–¿Qué campo de concentración?

Él no dijo nada, confundido.

–¿El del 73? –agregó Brown.

Él asintió, sin saber exactamente a qué se refería, si había habido más de un campo de concentración en ese sitio.

–Eso de allá.

Brown señaló hacia las ruinas que se alzaban al final de la playa, junto al filo de un promontorio que se internaba en el mar.

–Por alguna razón, la mayoría de la gente llega convencida de que es ahí –continuó, indicando ahora en dirección a las pesqueras.

–¿Viene mucha gente?

–No tanta. Pero es una peregrinación más o menos constante –bebió un sorbo de café–. Generalmente llegan en grupos… Cada cierto tiempo se los ve por ahí, caminando de un lado a otro con expresión contrita, estudiando cada detalle con suma concentración como si todo resultara significativo, escribiendo rayados en los muros… Algunos hasta dejan flores.

–¿En el lugar equivocado?

–No todos –dijo Brown con impaciencia–. Algunos saben a dónde ir...

Esperó un momento, estudiando el fondo de su taza como si hubiera encontrado allí algo desagradable, y luego continuó:

–A veces me los encuentro en el pueblo o vienen a preguntarme y les doy indicaciones falsas. Les señalo un edificio de las pesqueras y les digo: "Ve eso, ése era el comedor" o "Ahí estaban las barracas donde dormían" o "Los hacían caminar en fila por ahí".

–¿Cuándo se cerró el campo? –preguntó él, consciente de que no tenía la menor idea de todo aquello, lo que, por algún motivo, lo incomodaba.

–El 74, me parece –dijo Brown–. En los ochenta trajeron un montón de relegados y los instalaron a todos juntos en una casa del pueblo, que hacía las veces de prisión. Pero la verdadera prisión era todo esto.

Señaló vagamente hacia los acantilados, que parecían colgar sobre ellos a una altura inconcebible, contra el resplandor feroz del sol.

–¿Y las pesqueras? –preguntó él, mirando las ruinas.

–¿Qué? –repuso Brown, sin ocultar el fastidio que le ocasionaba todo aquello.

–¿Cuándo se cerraron?

–Antes –dijo Brown sin interés–. Creo que a fines de los sesenta.

Aplastó la colilla contra uno de los pilares de madera tratada. Enseguida se puso de pie y ambos se dirigieron, ladera abajo, en dirección al pueblo. Caminaron en silencio, bajo el calor que comenzaba otra vez a cerrarse sobre aquel paisaje estéril como un torniquete. Al llegar a la plazoleta, les llegaron los sonidos apagados de un partido de fútbol que parecía tener lugar al otro lado del pueblo.

Entraron al teatro. Una de las cinco puertas de la fachada, que Brown abrió con una llave, daba paso a lo que había sido el foyer, un salón muy oscuro que parecía desplazado en relación a la línea del frontis y conservaba, pese al deterioro, un aspecto solemne. En el centro de la pared curva, una puerta doble de ventanas redondas servía de acceso a la platea. A partir de allí se extendía un amplio corredor entre filas compactas de butacas; al final se veía el escenario, bajo un fondo oscuro lleno de puntos luminosos que parecía el decorado de una noche estrellada. Descendió hasta la mitad del pasillo, estudiando la disposición simétrica de los palcos y las delgadas columnas que sostenían la baranda de la galería. Luego regresó hasta el foyer, seguido a distancia por Brown, y subió por una escalera que doblaba junto al cuartucho de la boletería hacia la platea alta. La galería estaba formada por tres filas de unos grandes asientos de pino oregón pulimentado por el roce. El cielorraso circular había sido cubierto con una tela para simular un fresco en perspectiva, al estilo veneciano. La tela estaba rajada. Los pedazos colgantes se mecían levemente en la brisa que se filtraba por los agujeros del cinc. Vio también allí la tarima donde habían instalado una proyectora de cine. Se sentó a horcajadas sobre la baranda y comenzó a dibujar la curva de los asientos, interrumpida en los accesos de las escaleras y proyectada más abajo por las columnas y la balaustrada de los palcos. Copió también las hileras de butacas y una esquina del escenario atravesada por rayos de polvo como focos diminutos. Dibujar hizo que se sintiera como un criminal, representando, aunque ya inútilmente, el papel que le había sido asignado en la conspiración urdida contra Brown.

–Es monumento nacional –dijo éste con el tono de un corredor de propiedades. Se había sentado en uno de los asientos de la galería, detrás de él, y miraba hacia el escenario con expresión absorta–. Eso significa que no pueden desmantelarlo para vender los materiales, nada más. No creo que lo vayan a restaurar –él miró a su alrededor y le pareció que la desintegración del edificio era ya irreversible–. Además –continuó Brown–, las restauraciones por estos lados suelen ser más espantosas que el deterioro.

No dijo nada más. Él descendió por la escalera del costado derecho y vio que no daba al foyer, sino a un espacio encerrado lleno de basura y a una nueva escalera que ascendía hasta el balcón de la fachada. Salió al balcón y escuchó otra vez los vítores lejanos del partido. A partir de allí se extendía un amplio pasillo que conducía a una serie de habitaciones inundadas por el sol, donde debían haberse alojado los artistas. El pasillo estaba abierto en el costado izquierdo. El techo de metal corrugado del edificio venía a dar a la baranda, de modo que desde allí sólo se veía el cielo saturado de luz. Una parte del pasillo había sido cubierta con un entramado de bambú, para tamizar el sol. Dibujó una pieza cónica de metal, la cubierta de un tubo de ventilación que sobresalía de la cumbre del techo, que había rodado hasta quedar apoyada contra la baranda. Y también una viga, que se elevaba desde la balaustrada de la escalera y que se interrumpía antes de llegar a la cornisa.

Descendió y volvió a subir a la galería. Vio que Brown estaba sentado abajo en una de las butacas de la platea.

–¿Ha escuchado alguna de esas historias macabras que se cuentan del teatro? –preguntó éste, levantando la voz, dejando que repercutiera en el recinto vacío.

–No.

–¿De la época del campo de concentración?

Él negó con un gesto. Esperó que Brown continuara, pero éste permaneció en silencio.

–¿Qué historias? –inquirió él, con las manos apoyadas en la baranda, mirando hacia lo que parecía una gran malla de pesca desgarrada que colgaba sobre el escenario.

–No importa –dijo Brown, dándole la espalda, habiendo cambiado de opinión–. Creo que la mayoría son falsas...

Descendió al foyer y se dirigió a lo largo del corredor hasta el escenario en ruinas. Subió por una escalera en un costado y lo atravesó pisando con sumo cuidado sobre las tablas carcomidas. A través de las rendijas, se podía ver el avance y retroceso de la marea entre los cimientos. Atravesó unas incisiones que habían servido para asentar las bambalinas, donde el entablado parecía más firme, y comenzó a subir una escalera vertical por el andamiaje que cubría el fondo. Los tramos superiores casi no tenían escalones y le fue preciso colgarse de las vigas, algunas de las cuales se habían desplomado sobre el piso. Subió hasta superar el nivel del cieloraso de la platea. El edificio se ensanchaba a la altura del borde del escenario, lo que daba la impresión de cortar en dos el espacio. Aquello distorsionaba los tamaños, pensó, un efecto que debía haberse acrecentado con el telón: desde las butacas le había dado la impresión de que el escenario fuera estrecho, casi sin espesor; desde lo alto de los andamios, la platea parecía lejana.

Bajó. Al llegar otra vez al filo del escenario, escuchó a Brown:

–¿Hasta cuándo se piensa quedar por estos lados?

Había cruzado los pies sobre la fila de butacas que tenía delante.

–Hasta mañana o pasado –dijo él, notando con inquietud cómo su voz era amplificada por el edificio.

–¿Vuelve a Santiago?

–No sé todavía...

Pensó que eso era verdad. Había considerado de un modo incierto la idea de descender hacia el sur más o menos a la deriva, pero no se había sentido con ánimos para pensar siquiera en eso directamente.

–¿Le interesaría trabajar para mí? –preguntó Brown.

–¿En la obra?

–Como cuidador.

Él no dijo nada. Por algún motivo, se sentía de pronto consciente no sólo del recinto, sino también del exterior, del modo en que el teatro y ese escenario parecían resumir el anfiteatro de los cerros. Brown se mantenía a la espera de una respuesta, pero él permaneció en silencio, con el vago presentimiento de que el curso que tomarían los acontecimientos sólo se relacionaba en forma lejana con su voluntad. De un modo absurdo, se sintió también durante un momento como un actor en una audición, como si debiera aceptar un rol en una obra a la que no había querido postular.

–No tendría que hacer mucho –prosiguió Brown, con el tono sobrenatural que daba la acústica–. Puede moverse por donde quiera durante el día. Sólo tiene que estar ahí cuando yo me vaya a Iquique o a donde sea...

–¿Por cuánto tiempo sería? –preguntó él.

–Hasta que termine la obra. Un mes o un mes y medio.

–¿Y de cuánto estaríamos hablando?

–Ciento veinte por semana.

Pensó confusamente que aquello era desproporcionado, presintiendo al mismo tiempo que el peso y las implicancias de permanecer en ese lugar aún no terminaban de tomar forma en su mente y que cuando ocurriera ya sería demasiado tarde.

–De acuerdo –dijo.

Brown se puso de pie, vino hasta él y le estrechó la mano por encima del foso de la orquesta.

–Ahora si me quieren robar –dijo con una sonrisa–, van a tener que matarlo a usted también.

4

Hacía tres días que soplaba el mismo viento. Podían escucharlo noche y día, cambiando de tono cada cierto tiempo, subiendo y bajando por una escala de tres notas. Súbitas ráfagas de polvo, como latigazos, atravesaban la casa sin que nada les opusiera resistencia en dirección a la cima de los cerros. Los toldos y la carpa, reforzada con piedras en las esquinas, se agitaban convulsivamente. El mar había adquirido un aspecto hostil. Grandes olas negras parecían recorrer la erizada superficie en sentido transversal, con crestas de espuma blanca como crines, y dejaban caer su peso sobre la playa en poderosas descargas ahogadas por la ventolera. Una fina llovizna de espuma pulverizada, que desdibujaba la línea del horizonte, llegaba hasta ellos sin interrupción, empañando los vidrios de la camioneta y corriendo en hilillos sucios por el metal.

Estaba sentado en la carpa, fumando con las piernas asomadas hacia afuera y las manos ahuecadas para proteger la brasa, esperando que pasara la hora de mayor calor. Los observaba trabajar. Brown y Juan estaban entablando la cara externa de la pared que daba al mar. Brown iba encajando las tablas una sobre otra con suaves golpes de martillo en el canto y Juan ascendía clavándolas a la estructura subido a la escalera de tijera. El ritmo monótono de los martillazos, amortiguado por el viento, lo iba adormeciendo.

La construcción progresaba. Durante toda la semana anterior, el viejo Juan y el otro carpintero, llamado también Juan, pero al que Brown se refería como "el novio", habían levantado el entramado de la casa a una velocidad asombrosa, ante la vigilancia implacable de su jefe. En un plazo de seis días, habían terminado de colocar la solera, trazado encima el eje de los tabiques, marcado y luego perforado las cajas con taladro y formón, y finalmente puesto de pie la estructura de tres de las cuatro paredes externas. El lunes anterior debía haber llegado un camión con una carga de madera, trayendo además al remplazante del novio. Pero ni lo uno ni el otro habían dado hasta el momento señales de vida. Durante los últimos tres días, Brown había asumido el rol de segundo carpintero y se esforzaba, con evidente dificultad, por seguir el ritmo impuesto por el viejo Juan. Trabajaban en silencio. Sin que hubiera en ello el menor rastro de aspereza, Brown prefería que lo dejaran solo la mayor parte del tiempo. Y, si no podía estar solo, imponía sobre todos aquel silencio del que se reservaba para sí mismo el privilegio exclusivo de romper. Ese silencio sin tensión, atravesado por el ulular constante del viento, establecía una línea divisoria tajante entre Brown y los carpinteros. Y, en lo que a ellos respectaba, él, Pedro, quedaba en relación a ese límite del lado del jefe. Al parecer, en el inicio de la obra, cuando tendían las lienzas y comenzaban a cavar los hoyos para los pilotes, Juan había llevado una radio. Brown le había prohibido sencillamente encenderla, pero el viejo carpintero había insistido en hacerlo una y otra vez por la fuerza de la costumbre, como si creyera que se trataba de una broma, hasta que Brown la había partido en dos con el canto de una pala. Según Brown, no había tenido la intención de romperla. Sólo que se llevaran un susto. Pero calculó mal el golpe. Le había pagado lo suficiente como para sustituir la vieja radio de transistores por un televisor, con la condición de que lo mantuviera a distancia de la obra. Pese a ello colaboraban en aparente armonía. Juan sugería cada uno de los pasos a seguir con cautela, sometiéndolos al sentido común de Brown, quien otorgaba su aprobación con furtivos gestos autoritarios. Ambos simulaban no comprender quién estaba a cargo de todo aquello. Una rutina, pensaba él, que tal vez representarían exactamente del mismo modo, aunque no hubiera nadie alrededor a quien convencer de lo contrario.

Aplastó el cigarrillo bajo el talón de su zapatilla y consideró la idea de ofrecer su ayuda. Pero no lo hizo. Brown se había ido sumiendo durante todo ese día en un pésimo humor. No sólo por el retraso del camión y del nuevo carpintero. Esa mañana, había improvisado una veleta con los restos de una caja de hojalata y la había asentado sobre el ángulo más expuesto de la casa. Le había tomado más de una hora cortar y aplastar el metal hasta darle la forma de un pez. Pero, una vez instalada, en vez de indicar la dirección del viento, la veleta se puso a girar sobre sí misma con un ruido espantoso. Brown había traído la escopeta y derribado aquel artefacto, desde muy corta distancia, con un disparo.

Los dos hombres llegaron hasta la altura de la carrera y se detuvieron a descansar un momento antes de proseguir con la siguiente corrida de tablas. Brown se asomó en el vano de una ventana que acababan de enmarcar y se llevó una mano a la frente para protegerse de la resolana. Bebió un trago de jugo de la botella del calcetín y se la pasó a Juan. Él se puso de pie y rodeó el esqueleto de la casa. Le parecía muy pequeña. Aunque estaba acostumbrado a esa ilusión y sabía que una vez que dejara de transparentar el paisaje volvería a ocupar su tamaño real. Se preguntó otra vez por aquella extraña orientación de punta hacia el mar, que forzaría a su ocupante a mirar constantemente hacia el pueblo o los acantilados. Sólo iba a tener una división interna: el baño, en el rincón a la derecha de la puerta, donde asomaban ahora las conexiones de grifería cubiertas con trapos amarrados. El resto iba a ser, podía imaginarlo, un amplio espacio vacío atravesado por aquella misma luz nebulosa y omnipresente, con una cama contra uno de los rincones del fondo (Brown aún no había decidido cuál), un mesón de cocina, un escritorio, un sofá y una alfombra aún por comprar.

–Cuando cerremos el ángulo –le dijo Brown desde el interior–, puede dormir aquí. No va a estar completamente aislado todavía, pero es más cómodo que la carpa.

–Me da lo mismo –dijo él.

–Así puede mirar las estrellas.

Asintió con indiferencia, pensando que debería someterse aunque no lo quisiera a la voluntad de Brown. Decidió en ese momento que debía llamar a Arturo.

Brown volvió a mirar abstraído por el hueco de la ventana, como estudiando el modo en que iba a determinar su perspectiva a partir de ese momento. Él vio que Juan había ido hasta un mesón para traer una pila de tablas ya cortadas. Le ayudó con un par de viajes. Por el camino, intentó encajar entre sí dos tablas tingladas y lo consiguió sin la menor dificultad.

Trató de calcular la hora y de relacionar aquello con el momento en que Arturo llegaría del trabajo. Decidió que debía esperar. Llegó hasta la escalera y empezó a descender en línea recta por la blanda pendiente, a grandes trancos, extendiendo los brazos y dejando que el viento lo sostuviera. Llegó en poco tiempo a la explanada y se paró para sacarse la arena de las zapatillas. Frente a él, divisó a un hombre vestido de negro, que permanecía sentado sobre el áspero canto de un muro derrumbado y parecía mirar hacia el sitio en que las grandes olas barrían la playa. La humedad del mar lo hizo sentirse más despierto. Caminó hacia el norte rodeando las ruinas. Saludó con una inclinación de cabeza a aquel hombre, que le respondió llevándose una mano al ala de su sombrero en un gesto militar. Siguió un trecho a lo largo del camino que flanqueaba la playa, sin decidirse a descender el terraplén que conducía a la arena. Finalmente cambió de opinión y regresó sobre sus pasos. Se aproximó al sitio en que esperaba el hombre, que llevaba, además del sombrero negro de ala ancha, un traje de tres piezas muy deteriorado y unos zapatos polvorientos que le hicieron pensar en los cadáveres del cementerio.

–Buenas tardes –dijo él, al llegar hasta las ruinas.

–¿Qué tal? –repuso el hombre con una sonrisa que dejó a la vista sus encías, a las que se aferraban algunos dientes aislados. Calculó que debía tener por lo menos diez años menos que Brown. El pelo largo y gris le asomaba en desorden del sombrero. Parecía observarlo desde el fondo de un profundo sopor.

Sacó el paquete de cigarrillos y le ofreció uno.

–Gracias –dijo el hombre. Golpeó el cigarrillo con habilidad contra la uña de su pulgar y se lo encajó detrás de una oreja.

–¿Quiere uno para ahora?

El hombre asintió. Tomó el encendedor y encendió la punta de espaldas al viento.

–¿Cómo ha estado la captura? –dijo él.

–Mala. La mar está florecida.

–¿Y para cuándo cree que va a mejorar?

–Mañana ya debería estar bueno de nuevo –sentenció el hombre con lentitud, chupando el humo con fuerza como para contrarrestar el viento, hundiendo las mejillas.

En la superficie agitada del mar, detrás del sitio en que el oleaje se desgarraba en los roqueríos, distinguió una silueta negra que asomaba por un momento frente a ellos antes de volver a sumergirse. Esperó un largo minuto hasta que lo vio reaparecer, en un punto más a la derecha. Un lobo marino, pensó. Le tomó un rato darse cuenta de que se trataba de un buzo, que nadaba al amparo de una pequeña península formada por las rocas. Comprendió también que aquel hombre estaba allí para vigilarlo. Aunque, en caso de que ocurriera algo imprevisto, no parecía capaz de hacer nada al respecto.

–¿Qué anda sacando su compañero? –preguntó él después de un rato.

–Locos, erizos, lapas...

La sombra de una gaviota atravesó las ruinas. Miró hacia arriba y vio que se había quedado absolutamente inmóvil en la ventolera, encima de ellos, como por el único afán de demostrar que era capaz de hacerlo.

–¿Cuánto tiempo lleva usted por acá? –interrogó él.

–Desde el 72.

–Duros esos años, ¿o no? –preguntó, girando para contemplar, a la distancia, las ruinas achatadas del campo de concentración.

–Igual que ahora no más –repuso el hombre sin comprender.

La gaviota dejó oír un graznido y se elevó súbitamente como si una poderosa corriente la hubiera aspirado desde lo alto. Desde allí pudo ver la silueta de Juan encaramada en una incómoda postura sobre la escalera.

–En esa época –prosiguió el hombre–, cuando yo llegué, había dos botes pesqueros. Mire ahora –señaló con desprecio el sitio en que los botes bailaban sobre el oleaje–. Toda esa gente es afuerina.

–¿En su época, todavía funcionaban las pesqueras? –preguntó él. Por alguna razón, la nostalgia de aquel hombre le parecía inaceptable: un indicio de que, durante todos esos años, había calculado mal su propia condición.

–No. Éstas las desmantelaron antes de que yo llegara.

Él se despidió con un gesto y atravesó la amplia explanada de cemento en dirección al pueblo. Flanqueó la estación del ferrocarril. Dobló por el callejón, junto al retén policial, y se encaminó al almacén. Se paró en la oscuridad, esperando que sus pupilas se dilataran. El almacenero se puso de pie y depositó un paquete de cigarrillos sobre el vidrio turbio del mostrador. Aquello hizo que se sintiera atrapado. Pagó.

–¿Sabe la hora?

–Las seis y media –repuso el almacenero secamente.

–Gracias.

Echó a andar hacia la plaza por la calle principal. Debía esperar todavía una media hora, se dijo, para darle tiempo a su hermano a volver del trabajo. Se preguntó por qué había esperado diez días para llamarlo y avisarle dónde estaba y que no se proponía visitar a la familia en el sur, pero no pudo encontrar ninguna respuesta satisfactoria. Prosiguió caminando despacio sobre la gravilla apisonada por huellas de neumáticos, en medio del aullido que provocaba el viento entre las construcciones abandonadas y las grandes columnas de polvo que asaltaban el pueblo desde las calles perpendiculares al mar. Llegó hasta la plaza. Siguió andando a la sombra agitada de las palmeras. Un grupo de hombres, que conversaban en torno a un par de camionetas detenidas, lo miró pasar en silencio desde el otro lado de la calle. Detrás de la segunda camioneta, distinguió a una joven que lo miraba fijamente desde el marco de una puerta. Llevaba un chaleco rojo, un vestido gris floreado que se le pegaba al cuerpo con el viento y el pelo largo y negro tomado en una cola de caballo. Él le sonrió y se arrepintió de inmediato de haberlo hecho. Consideró la posibilidad de cruzar la calle polvorienta y preguntarle la hora o algo por el estilo, pero no se sintió con energías para hacerlo. Los hombres, que habían dejado ya de observarlo, constituían una barrera para ello. La muchacha se quedó un momento en el umbral con los brazos cruzados y luego desapareció en el interior de la casa. Él alcanzó a distinguir en el hueco oscuro que había dejado libre la pantalla de un televisor.

Se alejó por la plaza en dirección al mar. Se apoyó contra uno de los viejos cañones oxidados y dejó que el viento le empapara el rostro y la camisa. Se quedó allí durante un largo rato, ante las olas que a esa hora dejaban pasar una luz color turquesa y los botes que se mecían detrás como caballos encabritados. Finalmente volvió a atravesar la plaza en diagonal y enfiló por la calle hacia el norte, embargado por un sordo resentimiento involuntario contra su hermano, que lo forzaba a asomarse una vez más a todo aquello. Durante los últimos meses lo había acometido cada vez con mayor intensidad la sensación de no sentirse conectado con nada, de que todo a su alrededor hubiera, por así decirlo, retrocedido al fondo. Una condición de la que Irene había podido redimirlo, se había dicho, pero también de un modo impostado, como si se hubiera mantenido a distancia de sí mismo mientras intentaba, sin demasiado éxito, aproximarse a ella. Había tenido la impresión de dirigirse a ciegas, entre una serie de alternativas borrosas, contempladas con desgano, hacia un punto en que debería tomar una decisión respecto a algo incierto. Y le había parecido también que eso era un mecanismo que funcionaba por sí solo, sin tener que hacer el menor esfuerzo para que las cosas parecieran dirigirse a un punto en el que se le acabarían todas las salidas posibles. Los estudios se le habían hecho cada vez más cuesta arriba, cada vez más incomprensibles; la ciudad le resultaba tan inhabitable como la idea de volver al sur. La presunción de que todo eso se relacionara con Arturo, que se redujera a la necesidad de romper con la trayectoria trazada por su hermano, asumida por todos a su alrededor como si a él no se le hubiera pasado por la mente, le parecía ahora demasiado obvia, demasiado ostensible. Lo mismo que haber viajado hasta allí para escapar, como quien se liberaba de un lastre, de aquella situación, a la que, sin saberlo, pero con una especie de perversa deliberación suicida, se había empujado a sí mismo con toda la energía a su alcance.

Fuera como fuera, pensó mientras se aproximaba otra vez al almacén, ese lugar ejercía sobre él un extraño efecto de descompresión. A menudo se descubría paseando de un lado a otro en medio de una fría serenidad sin pensamientos, que bien podía ser un reflejo de la de Brown. Ese sitio lo forzaba, eso lo había descubierto en el primer momento, a volverse hacia adentro para no tener que enfrentarlo directamente. Sólo podía ser soportado, se había dicho, mirándolo de soslayo, ofreciéndole resistencia de un modo oblicuo, tangencial. Y el lugar parecía irradiar a su vez una suerte de efecto hipnótico, lo sumía en un estado de trance en que el tiempo se deslizaba muy rápido y sin accidentes, como en una prisión. Le parecía que llevaba allí meses. Casi le costaba imaginar que hubiera existido algo anterior a la rutina de dormir en la carpa, levantarse, comer, fumar, pasear por la playa y el pueblo, y observar cómo progresaba la construcción. La obra se le presentaba como un pequeño mundo autosuficiente, un rango limitado y más o menos predecible de posibilidades. O eso le parecía a él, a menudo con la impresión de haberse recluido en un juego infantil. Brown no le interesaba. Al menos no en el sentido previsto por Irene. Aunque continuaba llevando a cabo, por falta de imaginación para encontrar una alternativa mejor, los pasos de su conspiración inútil. Intentaba observarlo. Pero a menudo lo asaltaba la inquietante certidumbre de que ocurría exactamente lo contrario. Le parecía que entre los dos se desarrollaba constantemente un diálogo sin palabras en el que Brown se movía a sus anchas, pero que permanecía cifrado, en lo que a él respectaba, en un idioma incomprensible.

Al momento de descolgar el teléfono, le vino a la mente que no tenía otra opción que llamar con cobro revertido. Le dictó a la operadora los números y su nombre con desaliento, tratando de bajar lo más posible la voz, ante la mirada implacable del ojo del almacenero. Durante un momento la línea pareció muerta y luego se escuchó la voz de Cristina en el fondo de un estallido de interferencia:

–¿Aló?

El ruido cesó de golpe.

–Cristina –dijo él.

–¿Pedrito?

Él asintió con un gesto, como si ella pudiera verlo.

–Arturo no está –agregó ella–. Tuvo que quedarse trabajando hasta tarde...

–Mejor así.

–¿De dónde estás llamando?

–De Pisagua.

–Estábamos preocupados.

–Lo siento –dijo él, intentando que su voz denotara sarcasmo.

–¿Cuándo piensas volver?

–No sé todavía... A fines de febrero o principios de marzo.

–¿Estás bien?

–Perfectamente.

Se quedaron en silencio. Él oyó el débil zumbido de la línea que se mezclaba con su propio aliento y el eco del viento que llegaba de la calle.

–Arturo no está muy contento contigo... –dijo ella.

–Eso es problema suyo.

Alguien pasó por la calle y el almacenero le dirigió un gesto furtivo de asentimiento, como si le correspondiera el papel protagónico en una confabulación montada en su contra. Trató de darle la espalda y apoyó la frente contra la túnica celeste de la Virgen.

–Tengo trabajo –agregó en voz baja.

–¿En Pisagua?

–Ajá.

–¿En qué?

–En una obra.

–¿Y te pagan? –preguntó ella.

–Bastante más de lo que recibiría en la oficina.

Le llegó un sonido que no pudo identificar. Ella pareció haberse alejado del teléfono. Luego dijo:

–¿Es legal, por lo menos?

–Por supuesto.

–¿Seguro?

–A menos que mi jefe no tenga permiso para construir –dijo él.

La oyó reír sin entusiasmo. Cristina agregó algo, pero su voz quedó ahogada por el estruendo de un camión que pasó por la calle en dirección al norte. Apretó el auricular y se tapó el otro oído con la palma de la mano. La escuchó decir:

–¿Qué tipo de obra es?

–Una casa de madera. Es como tomar un curso aplicado de construcción. Me va a servir más que estar copiando planos en la oficina.

El almacenero rodeó el mostrador y salió a la vereda para vigilar la trayectoria del camión.

–¿Te hace bien estar ahí? –le preguntó Cristina con un tono que intentaba ser maternal, pero que tenía algo de súplica, como si de él dependiera que algo muy valioso se conservara entero. Algo que, decidió, se relacionaba más con ellos dos que con él.

–No me hace mal –afirmó.

–¿Qué tal es Pisagua?

–Caluroso.

Se puso a tironear el cable metálico, por el único motivo de que el otro no podía verlo.

–¿Quieres dejarle algún mensaje a Arturo?

–No. Dile que llamé no más –contestó él, aliviado de no tener que confrontar a su hermano, convencido de que haber impuesto distancia con Cristina y Arturo había sido un acto, aunque sin destino ni objeto en sí mismo, de inspiración.

–¿Pedro?

–¿Qué?

–¿Piensas volver a la escuela?

–No lo he decidido aún –dijo él.

Esperó un momento y luego agregó:

–¿Sabes una cosa?

–¿Ah?

–Deberías dejar a Arturo y casarte conmigo.

–Idiota.

Ella volvió a reír de un modo tenso. El almacenero regresó desde la calle y volvió a ocupar su puesto detrás del mesón.

–Bueno, adiós –dijo él.

–¿Pedro?

–¿Qué?

Ella esperó un momento.

–Cuídate –dijo.

–Eso intento.

–Vuelve a llamar cuando puedas –propuso ella y él colgó.

Ascendió por la huella barrida por el viento. Vio que el camión, una vieja máquina destartalada que parecía haber sido pintada a brocha de un tono de lila muy brillante, había conseguido girar en algún punto de la pendiente para la operación de descarga. Apuró el paso. Al llegar a lo alto de la loma vio a Brown sentado en el borde de la casa, con las piernas colgando hacia afuera y un hombro apoyado en un pie derecho. Juan y los hombres del camión estaban bajando la madera y acomodándola a lo largo de la bodega sin intercambiar una palabra. Brown los contemplaba desde el fondo de lo que parecía una rabia insondable. Él se dirigió hasta la casa.

–¿Cómo va todo?

–Como las huevas –repuso Brown, de un modo sombrío. Daba la impresión de que buena parte de su rencor estuviera dirigido contra sí mismo.

–¿Qué pasó?

–No llegó el otro carpintero –dijo Brown, abatido–. Los hijos de puta se dan el lujo de llegar dos días tarde y para colmo no me traen al maldito carpintero.

–No es culpa suya, ¿no? –preguntó él.

Brown levantó hacia él una mirada asesina.

–Por lo menos me trajeron toda la madera –respondió con calma–. No como la última vez. Con la que les armé parecen haber aprendido...

–¿Qué pasó con el carpintero?

–Mandó decir que le conviene más empezar a fines de mes, que por favor le conteste con los del camión...

–¿Y qué le va a decir?

–Que puede empezar a fin de mes en la concha de su madre.

Brown se puso de pie de un salto. Extendió los brazos como si fuera a colgarse de las vigas y dijo de un modo abstraído, con voz suficientemente alta como para que lo escucharan los del camión:

–Son todos unos ineficientes de mierda.

Al atardecer paró el viento. Se apagó de un momento a otro, dejándolo todo sumido en un silencio perturbador. Él anduvo de un lado a otro por la obra vacía con la escopeta equilibrada sobre un hombro. Brown había dicho que no se sentía bien. Había conferenciado largo rato con Juan después de la partida del camión y luego se había encerrado en la bodega a dormir una siesta. El mar seguía agitado. Sin embargo, contra la última luz del crepúsculo, vio salir a los pescadores. Se quedó observando cómo los botes se alejaban despacio en dirección al horizonte, cubriendo una amplia franja del océano, como una flota dispuesta a hacer frente a un enemigo invisible.

Encendió una lámpara y la instaló sobre las tablas, dejando que iluminara el entramado de vigas de la casa contra la oscuridad del fondo. Pensó que, de acuerdo a las instrucciones de Brown, aquella probablemente iba a ser su última noche en la carpa. Trató de pensar en Arturo, en su reacción ante lo que le hubiera relatado Cristina. Le costaba trabajo establecer en su mente una continuidad entre ese lugar y Santiago. Lo asaltaba a veces la certidumbre de que, después de meses o años de ausencia, regresaría a la ciudad para darse cuenta de que habían transcurrido sólo unos cuantos minutos.

Brown salió de pronto de la bodega con el aspecto de haber despertado de un sueño inquieto. Se dirigió hasta los bidones y rellenó una cantimplora metálica. Lo vio morder un pan. Luego desplegó sobre uno de los mesones un envoltorio de papel y cortó cuidadosamente un salame. Se disponía a regresar con todo aquello a su cuarto, cuando él le dijo desde la casa:

—¿Va a ir a Iquique de todas maneras?

Brown se paró en seco, como si hasta ese momento no se hubiera percatado de su presencia. Asintió. Había estado esperando la llegada del camión para hacer ese viaje.

—A primera hora —declaró.

Bebió un sorbo de la cantimplora y enseguida agregó.

—Y me llevo al Juan.

—¿A Iquique?

—No. Lo voy a ir a dejar a su casa, en Pozo Almonte, y me lo voy a traer de vuelta a la noche. Va a buscar a un hijastro para que nos ayude.

—¿Como carpintero?

Brown asintió.

—Es bastante joven —dijo—, más que usted. Pero según Juan es bien trabajador. Y callado.

Lo despertó el motor de la camioneta que se ponía en marcha y los neumáticos que derrapaban en la tierra. Salió de la carpa a tiempo para divisar las luces traseras que se sumergían en una densa barrera de niebla rumbo al pueblo. Iba a buscar a Juan, se dijo, todavía abrumado por la somnolencia. Permaneció quieto, respirando con agrado la fría humedad granulosa que trepaba a ras del suelo por la pendiente, con la vista fija en el punto en que las luces acababan de desaparecer. Volvió a tenderse de espaldas sobre el saco de dormir. Pensó confusamente que debía levantarse antes de que el sol disolviera la niebla y se dejara caer de lleno sobre la carpa para transformarla en un ataúd sofocante en el que despertaría bañado en transpiración, presa de la angustia, pero volvió a dormirse.

Al mediodía vio descender una nube de polvo por el camino, que parecía una larga cicatriz en el flanco agrietado de los riscos. Trató de seguir con un par de binoculares el avance del vehículo y sólo lo consiguió al final del descenso, cuando volvió a reaparecer en la curva frente al hospital. Era el mismo camión que lo había traído hasta allí, se dijo. O uno muy similar. Paneó sin apuro las construcciones del pueblo, que el lente situaba nítidamente en un solo plano, como una fotografía sin profundidad de campo, sobrecogido por la completa devastación que mostraba todo aquello a pleno día. Se había sentado sobre el piso de tablas, en el mismo lugar que había ocupado Brown la tarde anterior, para ejercer su vigilancia. Permanecía quieto, con la impresión de haberse sumergido en un líquido hirviente y que cualquier movimiento no haría sino acrecentar el calor. Había contemplado la posibilidad de buscar refugio tendiéndose bajo el piso de tablas, pero había decidido que no serviría de mucho.

Bajó el lente y dejó que los contornos ondulantes del pueblo retrocedieran para disolverse otra vez en la luz opresiva. Se puso de pie y salió de la casa, aunque no hubiera necesidad de ello, a través de la puerta. La tarde anterior, Juan y Brown habían terminado de entablar la cara externa del muro que daba al mar, cerrando de ese modo los dos extremos de la casa, que permanecía abierta en los flancos. Bebió un sorbo de agua tibia y se dirigió luego hacia la bodega donde dormía Brown, buscando instintivamente la sombra. Empujó la puerta y se asomó al estrecho cuarto oscuro, que parecía concentrar el calor de afuera en un solo punto intolerable. Distinguió un colchón en el suelo, con las sábanas y frazadas deshechas atravesadas por las líneas de luz que se colaban entre los tablones. En un rincón descubrió una caja de madera construida con huinchas metálicas, con su abertura enfrentando la puerta. En su interior, se veía un desorden de ropa que parecía haber sido introducido allí a presión y que se había desparramado en parte por el piso de tablas. Entró. Vio que la pared que enfrentaba el colchón estaba cubierta por un gran mapa en blanco y negro de la costa, que apenas podía descifrarse en la penumbra. Encontró también en el piso una maleta abierta que contenía papeles. Se arrodilló frente a ella y comenzó a revisar su contenido. Se preguntó, con el corazón latiéndole como un motor a toda marcha, qué lo empujaba a eso. ¿Qué buscaba? No estaba seguro. Parecía impulsarlo la ciega necesidad de llevar aquella traición, que ni siquiera era suya, hasta el extremo, hasta que ya no hubiera vuelta atrás, por más que careciera de objeto y sólo se redujera a la pura acción abstracta de traicionar. Se sentía como un autómata llevando a cabo una secuencia de maniobras diseñada por otro. Pero, ¿quién? Se decía con desánimo que Irene probablemente desaprobaría aquello si alguna vez tuviera el coraje de relatárselo. Además, se decía, aunque se encontrara de pronto con un documento clave, algo que pudiera revelarle de golpe el misterio de Brown (en caso de que en verdad hubiera algo que revelar), la sangre le pulsaba con demasiada fuerza en sus sienes, los pensamientos se le agolpaban con tal ferocidad que no hubiera sido capaz de descifrar una sola palabra.

Había allí una serie de carpetas, algunas amarradas con elásticos, que contenían recetas médicas, listas de lo que parecían materiales para la construcción, recibos, facturas, cartas de varias empresas mineras (algunas en inglés), cartas personales dentro de sus sobres, mapas, fotos del desierto, documentos legales, memos dirigidos a sí mismo, etcétera. Los documentos habían ido a dar a una u otra carpeta sin lógica aparente. Entre todo aquello, descubrió un álbum en el que la mayoría de las fotos parecían haber sido arrancadas con violencia, y en el que se topó, entre algunas caras desconocidas, con un retrato de Irene a los nueve años. También un pequeño cuaderno con un diario de viaje. Las fechas de ese diario no indicaban el año. Fue hasta el final para ver si había alguna mención a su propia llegada, pero aquello no parecía referirse en absoluto a Pisagua. Cada día contaba con un párrafo muy corto, escrito con una letra diminuta y regular, en el que se consignaba de modo telegráfico información sobre clima, kilometraje, coordenadas, horas de salida y puesta del sol, recorrido, labores mecánicas, etcétera. Aquello parecía dar cuenta de un viaje o de una serie de viajes por el desierto, pero sin referencias al propósito de esos movimientos. Había semanas que estaban descritas de modo continuo y luego espacios de varios meses entre una y otra anotación.

Una de las carpetas contenía en su mayor parte documentos bancarios. Prefirió no mirar aquello. En cambio, revisó otra con papeles personales de Brown, en la que encontró, además de otros escritos relacionados con minería y el certificado de inscripción de la escopeta, un pasaporte. En el momento en que lo abría y comenzaba a estudiar la foto, escuchó que alguien se aproximaba por la huella.

Permaneció en cuclillas en la oscuridad, intentando no hacer ruido y dejar todo aquello más o menos como lo había encontrado, consciente de que la puerta entrecerrada y la penumbra debían ocultarlo, a menos que el intruso se asomara directamente al umbral. Tuvo conciencia también del lugar donde había dejado la escopeta, bajo la ventana. Esperó. Los pasos se aproximaron hasta llegar a la altura de la bodega y siguieron de largo. Aguardó todavía unos segundos y salió.

La joven le daba la espalda. Se había detenido ante el radio caótico de la construcción y observaba la casa en silencio. Él se separó unos pasos de la bodega, como si de esa forma pudiera evitar que lo relacionaran con ella, y dijo, entrecerrando los ojos bajo la luz implacable:

–Hola.

–Hola –repuso ella girando sobre sí misma y sonriendo.

Llevaba el mismo vestido gris de flores estampadas de la tarde anterior. Un vestido sin mangas, muy liviano, que dejaba ver una ranura de luz entre sus piernas. Tenía el pelo negro y muy largo tomado en una apretada cola de caballo, que caía pesadamente por su espalda y le daba a su rostro la ilusión de ser más redondo de lo que hubiera podido verse en otras circunstancias. Tenía la piel muy blanca. Tanto que no parecía capaz de resistir un solo minuto la radiación del sol.

–¿Trabajas para don Jorge? –dijo ella sin dejar de sonreír.

–Sí.

–¿Qué haces?

–Soy cuidador –dijo él.

–¿Eres de Santiago?

–No, pero estudio allá.

–A mí me gustaría irme a Santiago –dijo ella con acento triunfal, como si aquello fuera una revelación de repercusiones incalculables.

La joven dio un par de pasos en dirección al mar, sin dejar de enfrentarlo. Él tuvo conciencia de que la había sorprendido, que no había esperado que apareciera a sus espaldas para cortarle la retirada.

—¿Eres de aquí? —preguntó.

—No, de Iquique —repuso ella—. Pero vengo seguido. Mi tío vive aquí. Es el dueño de los camiones que se llevan el pescado...

—Yo llegué en uno de esos camiones.

—Eso me dijo.

Se llevó ambas manos a lo alto de la cabeza, de modo que sus pechos hicieron presión contra la tela del vestido.

—¿Y cómo es Santiago? —agregó.

Él se encogió de hombros. Notó una gota de sudor que corría por la mejilla blanquísima de la muchacha. Calculó que debía ser unos dos o tres años mayor que él.

—¿Te gusta vivir allá? —insistió ella.

—No —dijo él—. Pero supongo que es mejor que otros lugares.

—A mí me gusta Iquique, ¿lo conoces?

—No.

La joven asintió con brusquedad, como si temiera haber cometido una equivocación.

—¿Tienes sed? —dijo él, pasando junto a ella y dirigiéndose al sitio en que había dejado la botella de agua, bajo el entablado.

—Gracias —dijo la joven.

Bebió unos sorbos y le devolvió la botella.

—¿Te gusta nadar? —dijo.

Él asintió con un gesto.

—Hay algunos lugares increíbles en las rocas —prosiguió.

—¿Dónde?

—¿Ves ese camino que sale de la playa?

Indicó hacia el norte a través de la casa.

—¿Al final? —dijo él.

—No, antes.

Distinguió una huella que se elevaba cortando la ladera para ir a coronar a media altura el promontorio que servía de amparo a las ruinas del campo de concentración.

—Ese camino bordea una playa de piedra bien corta —dijo ella, sin dejar de señalarlo—. Tienes que seguir de largo hasta que pasa por encima de una especie de gruta y después bajar a las rocas... Si sigues lo más cerca posible del mar, te vas a topar con una parte donde no se puede pasar, excepto metiendo los pies en el agua. Detrás hay una roca plana —hizo un gesto con la mano para describir la inclinación de la piedra—, que está detrás de una poza encerrada, como una piscina.

–¿Vas mucho para allá? –inquirió él.

–A veces.

–Podríamos ir juntos, alguna vez.

Ella se negó con una sonrisa y retrocedió un par de pasos, con el aspecto de querer echarse a correr de un momento a otro en dirección al pueblo. Dijo:

–A don Jorge también le gusta nadar, ¿no?

–¿Verdad?

–Eso dicen.

–Yo nunca lo he visto... –repuso él, con la impresión de que la joven había ido hasta allí sólo para dejar caer aquello.

–Dicen que le gusta nadar de noche.

–¿Quién dice? –preguntó él, exasperado.

–En el pueblo. Él mismo se lo contó a un amigo de mi tío... A veces baja a la playa cuando no puede dormir y se baña en el mar.

–¿Y?

Ella pareció desconcertada. Le dedicó un fugaz gesto de reproche, con el que quería decirle que había transgredido las reglas del acuerdo tácito, pero no por ello menos inviolable, que los había vinculado hasta ese instante.

–Es peligroso, ¿no? –dijo sin convicción.

Él negó con un gesto involuntario, súbitamente consciente de estar dirigiendo contra ella una hostilidad que debía reflejarse en su rostro. Una irritación, se dijo, que debía estar en parte dirigida contra sí mismo: por haber hurgado entre los papeles de Brown y por haberse dejado sorprender de aquel modo. Ella le sonrió con esfuerzo y volvió a retroceder.

–Bueno –dijo–, hasta luego.

–Adiós.

Comenzó a alejarse. Pero pareció recordar algo y regresó hasta él y le tendió la mano.

–Soy Teresa –declaró.

–Pedro.

–Mucho gusto.

Se estrecharon las manos a distancia, bajo la luz vertical. Ella agregó, con la misma sonrisa entusiasta con que lo había descubierto a sus espaldas:

–Me gustaría preguntarte más cosas sobre Santiago, si tienes tiempo.

–Eso siempre sobra por acá –dijo él.

Brown regresó al anochecer. Parecía de excelente humor y lleno de energía, como si alejarse de Pisagua por unas horas fuera suficiente para devolverle a uno las ganas de vivir. Traía un par de balones de gas de recambio, bidones de agua y bolsas con comida, que él le ayudó a descargar y que fueron alineando bajo uno de los mesones. Al final de esa operación, Brown destapó una botella de vino. Llenó hasta la mitad un vaso de plástico y se bebió el contenido de un trago.

–¿Qué tal el hijastro de Juan?

–Hasta el momento, bien –dijo Brown–. Habrá que verlo trabajar.

Brown pagaba el alojamiento de los carpinteros en un cuarto del pueblo, para mantenerlos alejados de la obra fuera de las horas de trabajo.

–¿Y cómo le fue en Iquique?

–Bien –dijo Brown, mirando a contraluz el vino oscuro de la botella contra el pálido resplandor del horizonte. Se había afeitado la barba, de modo que sus ojos azules, surcados de un abanico de pequeñas arrugas, parecían haber ganado terreno dentro de su rostro quemado por el sol. Bajó la botella y agregó–: Hablé con un viejo amigo que me había prometido una puerta de pino oregón para la casa... Consiguió la puerta, pero no puede hacerla traer hasta aquí, así que parece que voy a tener que ir yo a buscarla.

–¿A Iquique?

–No, más al sur, cerca de Taltal.

Desenterró una manzana de una de las bolsas de plástico y se la arrojó. Él tuvo que hacer un esfuerzo para atraparla en la luz insuficiente.

–Para el escorbuto –dijo Brown.

Encendió la lámpara y la depositó en el borde del entablado. Luego recogió algunas piedras y las dispuso en un círculo en el suelo, cerca del ángulo de la casa. Formó un pequeño montículo con papel de diario, astillas y carbón, y lo roció con gasolina de un bidón. Encendió el fuego. Puso a cocinar papas en una pequeña olla en el anafre.

–Mañana tal vez le pida ayuda con la camioneta –dijo mientras extraía un par de tomates de una bolsa.

–¿Qué le pasó?

–Nada. Le quiero cambiar la correa del ventilador.

Se sentaron ante el fuego y se quedaron durante largo rato en silencio, bebiendo vino sin apartar la vista del fuego hasta que perdió intensidad y pudieron ver las junturas incandescentes entre los trozos de carbón.

–Así que vino a verlo la Teresita –dijo de pronto Brown sin mirarlo, rompiendo el larguísimo silencio.

–Las noticias corren rápido, ¿ah? –dijo él, sorprendido.

–Más de lo que usted se imagina.

Vació de un trago el resto de su vaso y se sirvió más.

–Así son los pueblos chicos –agregó.

Se puso de pie y trajo hasta allí un plato hondo lleno de papas humeantes, pan, la ensalada de tomates y una nueva botella de vino. Instaló directamente sobre el carbón una pequeña plancha de hierro corrugado. Esperó un momento y luego depositó encima dos gruesos bistecs. Volvió a sentarse en su silla y destapó la botella.

–Hace treinta y tantos años –dijo, después de rellenar los vasos–, a principios de los sesenta, acompañé una vez a un primo mío a Salamanca. ¿Sabe dónde queda Salamanca? –preguntó y continuó de inmediato, sin esperar una respuesta–: De Illapel para adentro... De Los Vilos hacia la cordillera. Creo que yo era mayor que usted, tenía unos veinticinco o veintiséis años... La cosa es que a mi primo, que era ingeniero agrónomo recién egresado, lo contrataron para hacer una consultoría en un fundo de frutales en Salamanca. Tenía que ir por una semana y me pidió que lo acompañara. Los dueños del fundo nos consiguieron alojamiento en el pueblo, como a dos cuadras de la plaza, en la casa de un viejo llamado Durán. Durán era viudo y tenía una hija, no demasiado bonita, de unos treinta años, cuyo nombre no recuerdo ahora... –Brown se inclinó y apoyó los codos en las rodillas. Hizo una pausa antes de continuar–: Sí recuerdo que llegamos de noche y nos recibieron con una comida totalmente desproporcionada, de ésas con que lo agasajan a uno sin miramientos en los pueblos chicos. Durán era un viejo muy agradable y se quedó durante horas emborrachándose y contándonos historias del lugar, historias de brujas, mientras su hija permanecía en silencio y se limitaba a servirle vino de una garrafa, casi sin dejar que terminara cada vaso antes de volver a llenar el siguiente hasta el tope. Recuerdo que aquello me causó extrañeza, me pregunté si la hija podía tener alguna razón para querer liquidar al anciano. Finalmente, el viejo se fue a la cama, sostenido por la hija y por mi primo, ya que no se podía tener en pie. Nosotros también nos retiramos. Nos habían alojado en una casa separada, que quedaba al final de un patio cubierto en su totalidad por las ramas de un palto. En esa casucha había dos cuartos separados por un baño. Mi primo y yo, que habíamos bebido también más de la cuenta, aunque ni siquiera la mitad que el anciano, nos fuimos a dormir de inmediato... Después de una media hora o algo así, sentí pasos afuera y pensé que era mi primo que se levantaba al baño. Pero era la mujer, que abrió la puerta con cautela, se desvistió sin palabras y se deslizó en mi cama... A la mañana siguiente, acompañé a mi primo al fundo, donde pasamos todo el día, él trabajando y yo yendo de un lado para otro sintiéndome un poco intranquilo. A la hora de la comida se repitió lo mismo de la noche anterior: una cena de ensalada, porotos, empanadas, pastel de choclo y cazuela que hubiera podido alimentar a toda una familia durante una semana, mientras el viejo se emborrachaba a un ritmo alarmante. Durante la velada me dediqué a observar a la hija, que se limitaba a inclinar la garrafa en silencio y que por alguna razón comenzaba a parecerme bastante atractiva. Otra vez debieron llevarlo hasta la cama y otra vez mi primo y yo nos retiramos temprano. Permanecí tendido en la oscuridad, escuchando expectante los sonidos que llegaban desde el patio, hasta que la sentí abrir la puerta exterior. Entonces, para mi sorpresa, escuché que entraba al cuarto de mi primo y en poco tiempo llegaron hasta mí los sonidos inconfundibles del amor. Por un momento temí que aquello se debiera a una falta de competencia mía en el asunto, pero luego comprendí que a ella debíamos resultarle en cierta medida indistintos y que habríamos de compartir de ahí en adelante sus visitas. Al día siguiente decidí, en vez de ir al fundo, dedicarme a recorrer el pueblo. Al momento de salir, ella fue hasta la puerta a despedirme y, en un susurro, sin levantar tampoco la vista, me pidió un poco de plata para comprar más vino. Caminé un rato por la plaza y, a mitad de la mañana, entré a un almacén para comprar una bebida. El almacenero, un hombre joven y gordo que parecía de muy buen ánimo, me preguntó de dónde era y qué estaba haciendo por allí. Le dije que era de la capital y le expliqué el asunto de mi primo y la consultoría. "Ah", me dijo con una amplia sonrisa, "ustedes son los que se están acostando con la hija de Durán".

Se largó a reír con una carcajada estentórea, como si pudiera ver otra vez allí delante al gordo y aquello hubiera vuelto a tomarlo por sorpresa.

–Voy a pensarlo dos veces antes de volver a dejarlo solo –agregó sin dejar de reír.

–¿Por qué?

Brown repuso, con un tono de reproche que parecía dirigido a sí mismo:

–Deben haber estado esperando a que me fuera para mandarla...

–¿Quién? –dijo él.

–La gente del pueblo.

Brown inclinó la plancha con un destornillador, dejando que el jugo de la carne escurriera por una pequeña canaleta y dejara oír un agudo siseo al ir a dar a las brasas. Luego lo clavó con habilidad en la punta de los trozos de carne para darlos vuelta.

–Cuando llegué y después cuando me vine a vivir al terreno –continuó–, la Teresita me visitaba todo el tiempo, cuando venía a Pisagua... Al principio me resultaba agradable su compañía, pero no me costó mucho darme cuenta de que sólo querían sacarme información.

–¿Qué tipo de información? –preguntó él, pensando fugazmente en la maleta de los papeles e intentando eliminarla de su mente.

–No sé. Ni creo que ellos lo tuvieran muy claro tampoco.

Brown repartió las papas y el tomate entre dos platos y le entregó uno.

–En el momento en que se dio cuenta de que la estaba cortando –dijo–, se aproximó más, si usted me entiende.

Él asintió.

–O por lo menos hizo el intento –repuso Brown–. Pero me pareció que aquello era más bien un ofrecimiento colectivo, un intento de someterme a alguna forma de control... No llega a tanto mi vanidad como para creer que se tratara de otra cosa. Sobre todo en medio de una situación bastante forzada, bajo la vigilancia de toda esa gente.

Brown se pasó una mano por el pelo, que sobresalía apenas unos milímetros de la piel oscura de su cráneo, vigilando la carne. Él se preguntó si estaba borracho y no pudo estar seguro de ello. Le daba la impresión de que aquello no significaba tanto un desahogo para Brown como un intento de protegerlo a él, de ponerlo al tanto de una amenaza inminente de la que no había tenido hasta ese instante el menor presentimiento. Lo asaltaba una vez más la certidumbre de que Brown comprendía mucho más de lo que él estaba dispuesto a dar a conocer, incluso más de lo que él alcanzaba a vislumbrar de sí mismo, y eso lo incomodaba.

–En estos lugares –estaba diciendo Brown–, uno queda de inmediato sometido a una hospitalidad opresiva, se tiene la sensación de que lo han estado esperando a uno para adjudicarle una serie de expectativas imposibles de cumplir... Lo rodean a uno con la ilusión de que todo funciona en torno a su persona y antes de que uno alcance a comprender lo que está ocurriendo ya le están pasando la cuenta. Eso ocurrió hasta cierto punto aquí, cuando me instalé a vivir en una de las casonas del pueblo. Me tomaron por sorpresa. Me empezaron a envolver en esa maraña de intrigas y lealtades que se repite más o menos sin variaciones de un pueblo a otro... Pero en cuanto pude, de lo que no me arrepiento en absoluto, cambié todo eso por una pura y simple enemistad.

Clavó un trozo de bistec con el destornillador y lo levantó hasta la altura de su rostro.

–¿Cómo le gusta la carne? –preguntó.

–Así está bien.

–Eso creo yo también.

Él se levantó para traer cuchillos y tenedores y se notó un poco mareado. Brown le sirvió un nuevo vaso de vino.

–¿No le resulta desgastadora esa enemistad? –preguntó él, después de un rato. Por alguna razón, le parecía que Brown sobrevaloraba a la gente del pueblo, al atribuirles una actitud unánime y coordinada hacia su persona, a menos que a través de ello se estuviera refiriendo a algo que él no pudiera comprender. Lo asaltaba una vez más la sensación que tenía la mayor parte del tiempo: que Brown le estaba enviando señales en una suerte de lenguaje cifrado, en una longitud de onda que no podía captar.

–La prefiero mil veces a cualquier asomo de relación –dijo Brown–, más allá del mínimo.

Se echó un gran trozo de carne a la boca y la masticó con esfuerzo. Agregó:

–Ellos me defienden y yo tengo que defenderme de ellos. Así de simple.

–¿De qué lo defienden?

–La pregunta no es de qué, sino cómo –dijo Brown de un modo críptico–. Este lugar es un cerco, una prisión al revés.

Terminaron de comer en silencio, dedicándole a ese banquete toda su concentración. Al final él encendió un cigarrillo. Exhaló el humo por la nariz y dejó que el sabor del tabaco se mezclara en su boca con el regusto del vino. En lo alto del acantilado distinguió las luces de un auto y lo vio descender sin apuro por el camino. Los focos llegaron hasta el hospital y por un instante apuntaron directamente hacia ellos. Luego desaparecieron en el pueblo. Después de mucho rato, vieron que el auto salía del callejón y enfilaba muy despacio junto al viejo edificio de la estación, rumbo a las ruinas. Pasó bajo ellos y continuó hasta el camino que bordeaba la playa. Al llegar allí el conductor giró bruscamente a la izquierda y se detuvo en el borde mismo del terraplén, tendiendo dos tensos haces de luz sobre la superficie negra del mar.

Brown se puso de pie y lo observó con los binoculares. Se los entregó y él pudo ver que los ocupantes eran cuatro, tres hombres y una joven rubia, que parecían más o menos de su edad. Los vio descender por el terraplén, iluminados por los focos del auto, y comenzar a montar dos carpas pequeñas sobre la arena. Apenas hubieron concluido esa tarea, apagaron las luces del auto y encendieron una linterna. Después de un rato vio que dos de ellos se alejaban por la playa y se sentaban a mirar el oleaje desde el borde de la arena seca.

–Los va a agarrar la marea –dijo Brown.

–¿En serio?

–Durante la noche cubre casi toda la playa.

Él volvió a sentarse a su lado. El fuego había disminuido hasta dejarlo todo en penumbras, iluminando la cara interior de las piedras con un tenue resplandor rojizo.

–¿Qué quería saber? –dijo Brown.

–¿Teresa? –repuso él, aclarándose la garganta–. No lo sé muy bien.

–¿Le preguntó sobre mí, sobre la obra?

–Más bien me contó algunas cosas…

–¿Como qué?

–Que a usted le gusta nadar en el mar de noche.

Brown sonrió, antes de preguntar:

–¿Qué más?

–Me dijo que piensa irse a Santiago, que necesita consejos…

–No me cabe la menor duda –dijo Brown.

Se preguntó si Brown podría tenerle celos y desechó de inmediato la idea. Sin embargo, aquello hizo que recordara lo que le había dicho Irene sobre ella y su tío, y sintió que lo invadía un profundo abatimiento.

–Lo de nadar de noche es culpa mía –continuó Brown–. Un día

uno de los pescadores me dijo que me habían visto caminando por la playa de noche y se me ocurrió decirle eso para tomarle el pelo. Supongo que debería haberme callado la boca... –se interrumpió–. Aquí la gente es muy supersticiosa. Dicen que las almas de los muertos duermen en el mar. A nadie se le ocurriría bañarse en la playa y mucho menos en la oscuridad.

–¿Por eso les llama tanto la atención?

–Supongo. Es un buen argumento para la teoría de que tengo zafado un tornillo.

–¿Lo ha hecho? –preguntó él.

–No. No me lo permitiría mi salud.

–¿Está enfermo?

–A mi edad uno ya no puede considerarse nunca completamente sano –dijo Brown.

Él recogió los binoculares y miró otra vez hacia el campamento de la playa, que se había quedado a oscuras. Vio que una de las carpas parecía más expuesta que la otra. Estuvo mucho rato vigilando la borrosa línea de la espuma, a la espera que las olas se abalanzaran por fin sobre ellos.

Al amanecer vio que habían desarmado las carpas durante la noche para volverlas a montar en lo alto del terraplén, junto al auto, que era un viejo Peugeot amarillo pálido. La niebla pendía inmóvil cerca de la cima de los acantilados y creaba la ilusión de que continuaban indefinidamente hacia lo alto. Los rayos oblicuos del sol comenzaban a evaporar las capas superiores de esa nube y en algunos sitios se divisaba ya el azul nítido del cielo. Vio que uno de los jóvenes salía de una carpa y se alejaba unos pasos para orinar a contraviento.

Llegaron los carpinteros. Juan le presentó a su hijastro, Antonio, que no daba la impresión de tener más de quince años y que le estrechó la mano en silencio. Le pareció que tenía algo duro en la mirada y que observaba todo eso, la casa y el desorden alrededor, con una especie de fría consternación, como si fuera una empresa maléfica, como si representara sólo el principio de una desgracia que estaba por abalanzarse contra ellos y de la que nadie podría escapar ileso. Brown, quien estaba trabajando absorto en la camioneta con la mitad del cuerpo enterrada bajo el capó, no se molestó en darles la bienvenida. Empezaron de inmediato. Antonio se puso a cortar tablas de acuerdo a una plantilla en uno de los mesones, en tanto Juan amontonaba planchas de plumavit sobre el entablado, con cepillos y latas de clavos encima para evitar que se volaran con la brisa.

Regresó hasta el borde del promontorio y vio que estaban desmontando las carpas. Tenían prisa por largarse lo antes posible de ese lugar, se dijo. En ese momento, Brown lo llamó desde la camioneta y se dirigió hasta él.

–Ahora voy a necesitar su ayuda –dijo, secándose el sudor de la frente con el antebrazo. Apoyó los codos en el radiador, evitando que sus manos manchadas de aceite tocaran la pintura o su ropa, y se inclinó para estudiar el interior.

–¿Entiende usted de mecánica?

–No mucho –dijo él.

Brown recogió una llave de rueda y la encajó entre los fierros a un costado del motor.

–Necesito que me haga palanca contra el alternador –dijo–, hacia allá, para tensar la correa.

Acomodó la correa. Él esperó la señal y luego tiró con todas sus fuerzas. Se escuchó un leve crujido.

–No tanto –dijo Brown. Él aflojó unos milímetros–. Ahí está bien, sujétela.

Empezó a apretar el perno, con dificultad, sacando la llave y volviéndola a encajar en un espacio muy estrecho. Él notó una gota de sudor que se iba formando despacio en la punta de su nariz. Antes de que cayera, se incorporó y dio un paso hacia atrás, extendiendo los brazos.

–Listo –dijo con aire de triunfo.

Encendió el motor y lo dejó en ralenti. Luego se puso a observar el funcionamiento de la correa.

–¿Le puedo pedir otro favor? –dijo.

–¿Sí?

–¿Me podría traer ese bidón de allá?

Él arrastró el bidón hasta la camioneta y lo apoyó contra el borde del parachoques.

–Hay que ladearlo –dijo Brown.

Lo inclinaron con sumo cuidado. El chorro de agua, recto y tenso, cayó límpidamente en el agujero del radiador y entre los filamentos del interior. Lo mantuvieron hasta que el agua comenzó a borbotear y subió por la boca.

–Me parece que está a punto para el viaje –dijo Brown, dejando ir el bidón en el que sus manos habían quedado marcadas y apretando otra vez la tapa.

–¿Cuándo se va?

–Si todo sale bien, el domingo.

Rodeó la obra y se alejó hacia el norte, intentando cortar horizontalmente la ladera, sin descender hacia la playa. Pero, cuando llevaba recorridos unos ochenta metros y podía escuchar aún el ritmo uniforme de los martillazos, una profunda incisión en el risco pedregoso lo obligó a hacerlo. Bajó hasta el sitio en que habían montado el campamento la noche anterior y comprobó que allí reinaba la misma calma asfixiante que en la cima de la elevación. Le costaba trabajo respirar y eso le producía una sensación angustiosa semejante a la claustrofobia: la certidumbre de que no había escapatoria. Desde ese punto, distinguió el comienzo del sendero, que se elevaba a medio camino del fondo de la playa y volvía a ascender en diagonal por la cara expuesta del cerro. Se dirigió hasta allí. A mitad del ascenso observó que el sendero se bifurcaba, de un modo complicado, en una serie de huellas menores que se entrecruzaban y divergían para llevar hasta distintas alturas del acantilado. Eligió una que parecía dirigirse hacia una especie de monolito de cemento. Le tomó un largo rato alcanzar ese punto. Cuando lo logró, jadeante, con hilos de sudor corriéndole por el cuello y la espalda, vio que decía, con letras en las que se había asentado el polvo: Homenaje a los héroes del desembarco de Pisagua, 2 de noviembre de 1879, y más abajo una inscripción demasiado larga para que se diera el trabajo de leerla. En cambio, miró hacia la bahía y trató de sobreimponer ahí una escuadra de barcos con las velas desplegadas, descargando su artillería sobre la costa, y al ejército avanzando en botes hacia la playa y escalando luego los cerros como una marea humana salida del mismo mar, arrastrando fusiles y cañones y pertrechos bajo fuego enemigo, hasta coronar, cuatrocientos metros más arriba, la cima de los acantilados. Y decidió que aquello era imposible, que debía haber ocurrido de alguna otra forma.

Unos pasos más allá, traspuso el filo del promontorio y pudo comprobar que había ascendido más de la cuenta. A unos treinta metros bajo él, pudo distinguir claramente la huella por donde debía continuar: un sendero que avanzaba zigzagueando justo por encima de un afilado farallón rocoso que iba a dar a las rompientes. Bebió un sorbo de agua de su cantimplora. Desde allí se podía ver la silueta de la construcción. Pudo distinguir a Brown cerca de la casa y tuvo la impresión de que lo estaba observando. Saludó con la mano, pero la silueta no respondió.

Emprendió el empinado descenso. Llegó hasta la huella y siguió andando más lentamente en dirección al norte. Aquello había parecido desde arriba más sencillo de lo que era en realidad. En algunos puntos, la huella se elevaba casi en vertical por la pendiente para evitar lo que parecían grandes grietas en la roca, en cuya base se estrellaban las olas. El calor abrasador reflejado por el terreno le provocaba una suerte de náusea, que se esforzaba por combatir bebiendo pequeños sorbos de la cantimplora. Descubrió la playa de piedra que había descrito Teresa y un camino muy abrupto, con lo que parecían peldaños excavados en la pared rocosa, que bajaba hacia ella. Siguió de largo hasta el punto en que, de acuerdo a las instrucciones, debía atravesar una gruta. En ese sitio el camino pasaba sobre una especie de rajadura en el terreno, que se iba abriendo hacia lo alto. Era necesario saltar medio metro por encima de dos muros verticales de roca. Después de eso torció a la izquierda y descendió, sobre la piedra suelta de una quebrada, hasta el borde del mar. Continuó entre pequeñas ensenadas y promontorios de rocas oscuras y ásperas cubiertas de musgo. No le fue difícil identificar el sitio que había descrito la joven. Al llegar a un gran paredón de roca que impedía el paso, se sacó las zapatillas y continuó por una saliente de piedra, dejando que el oleaje le empapara los pantalones. Del otro lado descubrió lo que buscaba: un gran plano inclinado de roca muy lisa que se sumergía en una poza sin olas, protegida de la acción directa de las rompientes por un gran murallón de roca que, desde arriba, daba la impresión de formar parte de un solo macizo oscuro.

Una bandada de patos levantó el vuelo, alarmada por su presencia. Los vio alejarse muy rápido, formando una V, aleteando furiosamente a ras del agua, en dirección al sur. Pudo distinguir en el fondo de aquella piscina alargada una gran mancha de arena blanca rodeada por un cerco oscuro de piedra y por el vaivén rítmico de las algas. El agua era cristalina, pero estaba cubierta por una delgada película de espuma en la que se formaban remolinos y suaves ondulaciones. A la derecha, obstruyendo el canal que conectaba esa poza con el mar abierto, una gran roca sumergida a poca profundidad combaba la superficie límpida y convexa sin rasgarla.

Hasta allí llegaba el sonido de las olas en un rumor lejano, intensificado cada cierto tiempo en sordos retumbos que remecían la roca. O le daban esa impresión.

Se quitó los pantalones mojados y la camiseta y se tendió de espaldas en la piedra, que había acumulado calor de un modo intolerable y lo obligó a ponerse otra vez de pie. Ascendió hasta lo alto de la inclinación y pudo ver el espacio abierto del mar, que, encerrado y obstruido en distintas direcciones por los escollos, daba la impresión de extenderse en varios niveles distintos. Luego bajó y se metió directamente en el agua. No le pareció demasiado fría. Flotó un instante de espaldas y comenzó a alejarse, manteniéndose a una distancia constante de ambas paredes de roca, intentando medir las dimensiones de aquello con su cuerpo. Se aproximó al extremo de la poza y a la gran piedra sumergida que parecía una ballena pujando por librarse del encierro entre los roqueríos, y sintió allí una corriente que empezaba a succionarlo hacia el canal. Regresó hasta el centro de la piscina, más o menos a la altura en que había entrado al agua, y se sumergió. Sintió que algo blando le rozaba las piernas. Abrió los ojos y pudo ver las algas oscilando muy cerca suyo, cediendo al empuje de la corriente que allí resultaba imperceptible. Descubrió con sorpresa que, en medio de la brillante refracción, podía distinguir con relativa claridad los detalles, en especial los cantos de roca, que parecían pintados con brochazos de distintos tonos del mismo color oscuro, suficientes para transmitirle una idea simplificada aunque nítida de las formas a su alrededor. Le ardían los ojos pero los mantuvo abiertos. Dejó escapar el aire y permitió que su propio peso lo arrastrara hasta el fondo. Sus pies tocaron la arena, que era gruesa y blanca y, al removerla, formó a su alrededor una pequeña nube que se asentó de inmediato. Notó que le dolían los oídos. Miró hacia la superficie velada de espuma y calculó que la poza debía tener unos tres metros de profundidad. Tal vez un poco menos. Tomó impulso y ascendió. Subió otra vez a la roca. Eligió un sitio en que la pared parecía adentrarse en el agua de modo más abrupto y se zambulló. Permaneció bajo la superficie, colgando a media altura, deseando poder mantener aquella ingravidez de modo indefinido. Tenía ahora conciencia de una suave corriente que lo arrastraba, junto con el follaje ondulante de las algas, hacia la boca de la poza. No tenía problemas en contrarrestarla con suaves movimientos de las piernas, siempre que se mantuviera a suficiente distancia de la entrada.

Volvió a zambullirse en el mismo punto varias veces. En el extremo opuesto de la poza, descubrió una abertura, como una caverna submarina, a través de la cual pasaba esa corriente. En un momento llenó de aire sus pulmones y se introdujo en la gruta. Tanteó las paredes ásperas e irregulares, tratando de distinguir si se veía luz al fondo, diciéndose de un modo confuso que aquello no era una buena idea. En un punto, distinguió lo que parecía una gran burbuja aplastada contra el techo de la caverna. Exhaló el aire. Intentó respirar, pero el hueco era demasiado angosto y tragó agua. Buscó metódicamente un lugar en que la concavidad de la roca se ensanchaba y consiguió encajar allí buena parte de su cabeza. Respiró dos o tres veces y comenzó a retroceder con precaución, tanteando el camino con sus pies, esforzándose por dominar la angustia que parecía angostar aún más ese encierro. Salió a la poza. Al aflorar otra vez a la superficie, aferrándose al borde de una saliente, vio a Teresa que le sonreía desde la roca.

–¿Qué tal?

–Hola –dijo él, todavía jadeante, desde el agua.

–Qué casualidad –dijo ella, con un tono que parecía indicar precisamente lo contrario, que de alguna forma lo había seguido hasta allí. Llevaba el mismo vestido gris y tenía las mejillas sonrojadas por el calor.

Él nadó hasta ella, sin dejar de apoyar las manos en la roca.

–¿No vienes al agua? –dijo.

–No tengo calor –repuso ella, como si estuviera hablando en un lenguaje en clave que la obligaba a decir exactamente lo opuesto a lo que pensaba. Algo que lo hacía desconfiar.

Él tomó impulso con las manos para alejarse de la roca y volvió a sumergirse en la claridad silenciosa de la poza. Vació sus pulmones y observó la trenza de burbujas que ascendían girando sobre sí mismas hacia la superficie. Vio que podía distinguir la silueta de Teresa y se esforzó por permanecer en el fondo todo lo que le fue posible. Sintió el embate de las rompientes como un solo murmullo continuo, que asemejaba a un motor funcionando a bajas revoluciones a mucha distancia.

–¿Pedro? –le dijo ella cuando emergió.

–¿Sí?

–Me alegro de que hayas venido.

Se deslizó hasta él y, arrodillada sobre el borde seco de la roca, le dio un beso rápido, amistoso, en los labios. Él la asió por una muñeca e hizo el gesto de arrastrarla hacia el agua, pero ella se zafó con fuerza y volvió a sentarse en el mismo sitio, sobre la roca candente. Él se sumergió una vez más y, mientras giraba en el agua traslúcida, trató de decidir qué le correspondía hacer a continuación, con el presentimiento de que aquello también escapaba por completo a su voluntad.

Salió del agua y se tendió de espaldas en la piedra, sobre sus pantalones y camiseta, junto a la joven.

–¿Estás bien? –dijo Teresa con voz ronca.

–Muy bien –contestó él sin abrir los ojos.

Ella lo besó con intensidad, separando sus labios, de modo que él pudo sentir el contacto de su lengua mezclado con el sabor de la sal. Se incorporó a medias y quiso abrazarla, pero ella lo aplastó con determinación contra la roca.

–Cierra los ojos –le dijo en un susurro imperioso.

Él obedeció, mientras ella le desabrochaba el traje de baño y lo exponía a la luz directa del sol. Después de un momento, él intentó incorporarse otra vez, pero la joven volvió a negarse, aplastándolo como un timonel contra la pared rocosa. Lo acarició con intensidad y destreza, de modo que todo terminó muy pronto. Se puso de pie, fue hasta el borde del agua y se lavó las manos mientras él volvía a acomodarse el traje de baño, súbitamente invadido por un pudor que no hubiera podido justificar.

Ella vino hasta él y lo besó del mismo modo amigable, casi distraído. La vio recoger sus zapatos y dirigirse al sitio en que era necesario rodear el muro de roca para marcharse de allí.

–¿Te vas?

–Dije que iba hasta la playa no más.

–Si me esperas, te acompaño –dijo él, comenzando a recoger su ropa.

Ella le dirigió una sonrisa torcida desde el borde del agua, a la cual se asomaba una leve insinuación de desprecio.

–La idea es precisamente que no nos vean juntos, ¿entiendes?

Él asintió, apesadumbrado. La vio desaparecer en el vértice de la piedra y se tendió otra vez de espaldas, con los brazos abiertos en cruz. Se preguntó si aquello también formaba parte de una maquinación, aunque menos sutil que la que lo había envuelto a él, contra Brown: una nueva vuelta en uno de los círculos que se iban cerrando inexorablemente a su alrededor. Permaneció allí mucho tiempo, intentando decidir cuánto podía multiplicarse el calor a sí mismo antes de volverse intolerable. Al fin se levantó, bajó hasta el borde de la inclinación y se arrojó al agua.

Regresó al atardecer. Le tomó más tiempo llegar hasta la obra de lo que había calculado y, cuando terminó de ascender la empinada pendiente hasta la casa, estaba otra vez bañado en sudor y exhausto. Al flanquear la playa había distinguido un par de botes pesqueros detenidos cerca de las ruinas. Los pescadores en su interior se mantenían sentados en posturas rígidas. Habían alineado los botes más o menos a la misma distancia de la orilla, con las proas apuntando hacia el oeste como si de un momento a otro fueran a dar comienzo a una carrera. Brown lo miraba escalar el declive, apoyado en la ventana. Los carpinteros se habían marchado. Le sorprendió el avance de la construcción: habían cerrado todas las paredes, aunque en dos de los flancos faltaba aún el relleno y la segunda hilera de tablas.

–Parece que el hijastro es buen trabajador.

–Mejor que el otro Juan... –repuso Brown, con aire satisfecho–. Y mejor que yo, sin duda.

Apoyó las manos en lo alto del vano, como si quisiera ensancharlo haciendo fuerza hacia afuera. Agregó:

–Vamos a tratar de terminar mañana con el entablado, aunque se tengan que quedar hasta tarde.

Él se preguntó si Brown había visto pasar a Teresa por la playa. De ida y de vuelta. Tuvo la seguridad, con una especie de calma omnisciente, de que ya estaba todo dicho sobre el tema, que Brown consideraría una falta de tacto y una pérdida de tiempo volver a sacarlo a luz.

–¿Ya se decidió a dormir aquí? –quiso saber Brown.

–Creo que prefiero la carpa.

Le ardían los ojos. Un cansancio pleno se extendía por sus músculos de un modo que lo llenaba de una suerte de alivio, que correspondía al aflojamiento de una tensión de la que sólo había sido consciente a medias. Pensó que podía dormir sobre el piso de tablas sin problemas. Y que podía hacerlo en ese mismo instante. Para su sorpresa, Brown no insistió sobre aquello y lo desechó, barriéndolo con un gesto de la mano.

Brown preparó una sopa en polvo sobre el anafre. Comieron pan negro y jamón crudo y melón. Bebieron la sopa en las tazas metálicas sentados con las piernas colgando sobre los mesones. El sol había traspuesto hacía rato el borde del barranco y probablemente se había hundido ya en el mar, pero la luz aún no disminuía. Brown despejó de aserrín el mesón sobre el que se había sentado y se tendió de espaldas, con las manos detrás de la cabeza, para observar el cielo que iba cambiando de color hacia el oeste sin una sola nube. Se quedó dormido. Después de un rato lo sintió roncar quedamente. Él lavó las tazas y la olla de la sopa. En un momento cruzó por fuera de la casa y divisó a un hombre que ascendía por el camino. Le salió al encuentro hasta el punto en que no podía ver a Brown.

El hombre llevaba un pescado colgando de cada mano, con los dedos enterrados en las agallas. Los pescados eran oscuros, de labios gruesos, con el aspecto de negras serpientes. Las colas puntiagudas casi se arrastraban por el polvo. Congrios, se dijo, esforzándose por ocultar su repulsión ante aquellas cuelgas de carne brillante y elástica: seres que parecían haber nadado hasta allí desde una época prehistórica.

–Buenas tardes –dijo el hombre. Llevaba un sombrero de fieltro de ala corta inclinado hacia un lado, que lo hacía parecer un cantante de tango. Le resultó difícil determinar su edad. En su rostro moreno surcado de arrugas, se veía una gran mancha de piel pálida y lisa, como una quemadura, que la inclinación del sombrero se esforzaba por ocultar. Al sonreír, dejó al descubierto un agujero entre sus dientes.

–Buenas.

–¿Está don Brown?

–Está durmiendo –dijo él.

El hombre asintió, bajando la vista.

–Le traía este regalo –dijo, levantando los congrios como si quisiera que él se hiciera cargo de ellos.

–¿Podría volver después? –inquirió él.

–¿Lleva mucho rato durmiendo?

–No mucho.

El hombre se quedó mirando hacia lo alto de la colina, con una expresión angustiada que parecía indicar que, aunque el asunto que lo ocupaba podía esperar, no parecía creerlo así.

–Si quiere le puedo dejar el recado.

–Tengo que hablar con él personalmente –declaró el hombre–. Necesito pedirle un favor.

–¿Es urgente? –dijo él, tomando una decisión.

–Sí –repuso el hombre.

–¿Le molestaría esperar aquí?

–No, para nada.

Lo dejó en mitad de la pendiente, sosteniendo aún en alto los congrios. Llegó hasta Brown, quien dormía profundamente en la misma posición, con la boca abierta. Esperó un momento sin saber qué hacer. Luego lo movió con suavidad. Brown no reaccionó. Volvió a remecerlo de un codo, con más fuerza. Brown abrió los ojos y se quedó mirando fijamente el cielo, pestañeando. Enfocó en él la mirada con una expresión de terror y disgusto, y cambió con brusquedad de posición, encogiendo las piernas y girando sobre un costado para enfrentarlo.

–¿Qué? –gritó.

–Lo buscan –dijo él en tono muy bajo, compensando de esa forma el de Brown.

–¿Qué? –volvió a gritar éste, como si no pudiera controlar el volumen de su voz.

–Lo busca una persona.

De pronto, Brown pareció volver en sí y se sentó en el mesón. Se llevó las manos a la cara.

–Me quedé dormido –dijo.

Permaneció en esa postura, respirando profundamente. Al cabo de un rato preguntó:

–¿Quién me busca? –trató de identificar al hombre que esperaba obedientemente en medio del ascenso–. Debe ser uno de esos huevones que vienen a pedirme plata.

–Le trae un regalo –dijo él, todavía alterado por aquello. Por primera vez había sentido toda la reserva de rabia de Brown dirigida contra su persona. Tenía la impresión de que alguien le había apuntado accidentalmente con el cañón de un arma. Algo de lo que, a menos que tuviera un motivo de peso para confrontarlo, más valía precaverse de ahí en adelante.

–¿Qué regalo?

–Unos pescados.

Saltó a tierra y se dirigió hacia el hombre.

–De ésos es de los que hay que cuidarse –dijo como para sí en tanto se alejaba.

Conferenció con el hombre durante largos minutos, mientras la luz decrecía alrededor y los barrancos iban adquiriendo un tono púrpura oscuro y daban la impresión de volverse cóncavos en la base. Subieron hasta la obra. Brown hurgó entre la comida y extrajo una bolsa de plástico, que levantó para que el hombre depositara allí los congrios. Brown desapareció luego en el interior de su cuarto y le entregó al hombre lo que debía ser un cheque.

–¿Qué quería? –le preguntó cuando el hombre se hubo marchado.

–Nada –dijo Brown–. Era cierto lo del regalo.

Parecía también en el límite de sus fuerzas. Daba la impresión de que el vino de la noche anterior le había hecho finalmente impacto de un modo retardado. En poco tiempo se fue a acostar. Él se quedó en pie, rondando la obra. Se dijo que estaba demasiado cansado para dormir. Caminó por el terreno hacia el norte, hasta el borde del farellón. El sonido de las olas llegaba hasta ese sitio con mayor intensidad, transportado por el viento. Encendió un cigarrillo. Lo fumó despacio, trazando círculos con la brasa en la penumbra. Contempló durante largo tiempo la masa oscura de los acantilados, que parecía el comienzo de un planeta inhóspito, el borde de algo sobrenatural. Se propuso reflexionar sobre los propósitos de Teresa. Pero le parecía que había demasiadas opciones como para que valiera la pena intentar decidirse por una de ellas. Se dijo que debía intentar asumir, en alguna medida, el control de las cosas. Pero no sabía cómo. Cerró los ojos y le pareció que la oscuridad se mecía con el suave vaivén de las algas. Después regresó hasta la carpa.

Desde el fondo de un sueño le llegaron los sonidos de la construcción. Empezaron a cepillar algo en un punto cercano a la carpa. Uno de los mesones. Permaneció boca abajo, abrazando la almohada formada con sus pantalones enrollados, deseando volver a sumergirse en la inconciencia. Intentó recomponer lo que había estado soñando: una historia larga y compleja en la que en algún recodo había sentido la presencia de Irene. Sólo conseguía recordar el final: se encontraba en la misma posición, tendido de bruces sobre una especie de tabla cuadrada con los brazos y piernas extendidos; algo como una balsa que oscilaba suspendida a mucha altura apoyada sobre un poste al que nada la sujetaba, de modo que él tenía que cambiar cada cierto tiempo su peso para evitar que se precipitara al vacío. A su alrededor podía ver las copas de grandes álamos mecidos suavemente en el viento. No sabía a qué altura se encontraba ni podía levantar demasiado la cabeza sin afectar peligrosamente el equilibrio. Pero la oscilación de la tabla le resultaba agradable y podía controlarla sin mayor dificultad.

Avanzada la tarde, Brown bajó al pueblo. Juan y Antonio laboraban con brío, rellenando el tabique de lo que iba a ser el baño, la única división interior de la casa. Por alguna razón, al final de la semana, trabajaban con una ferocidad que parecía indicar que se les estaba acabando el tiempo. Él vigilaba las ruinas, apuntando cada cierto tiempo hacia allí con la escopeta cargada, preguntándose cómo funcionaba el sistema que había urdido Teresa para volver a encontrarse con él. Si es que había alguno. Era sábado. Si todo iba de acuerdo a lo previsto, pensó, Brown iba a ausentarse hasta el martes por la tarde. Eso iba a dejarlo solo allí durante todo el día siguiente y por las noches. La perspectiva de que la joven decidiera visitarlo le anudaba cada cierto tiempo la garganta.

Brown ascendió por la pendiente y estuvo largo rato conversando con Juan. Luego salió de la casa y se aproximó hasta él.

–Todo listo –dijo.

–¿Se va mañana entonces?

–A primera hora.

Él apoyó la escopeta contra el costado de la casa. Luego inquirió:

–¿A dónde va exactamente?

–A un lugar que se llama Agua Santa, es una estación de tren al interior de Taltal.

Él asintió, aunque aquello no le decía mucho.

–¿Allá tienen la puerta?

–La recibieron hoy.

Durante la mañana, le había preguntado por la puerta. ¿Qué tenía de especial para justificar el viaje? Brown le había dicho que en realidad nada, pero que era el regalo de un amigo: el viejo Salinas, que vivía en Iquique. Le había prometido la puerta hacía varios meses, desde que supo que se estaba construyendo la casa. El umbral estaba hecho a su medida. Brown le había dicho también que por lo general se había negado a comprar materiales de desecho, de demoliciones o producto del desmantelamiento de viejas casonas, o los cementerios de las salitreras, o incluso de edificios como el teatro. Alguien se había dado incluso el trabajo de ir hasta allí con ese propósito: para ofrecerle planchas y tubos de acero de la oficina Humberstone. No le gustaba contribuir a ese saqueo, había dicho. Aunque resultara conveniente y hasta barato en algunos casos. No le importaba que otros lo hicieran, pero él prefería empezar limpio, sin historia. Sobre todo considerando que las historias de la zona lindaban casi sin excepción con lo macabro. Tal vez se estaba ablandando, dijo, tal vez la gente de la zona le había contagiado su tendencia a la superstición.

Brown miró hacia el interior a través de la ventana y continuó, bajando la voz:

–Juan y Antonio no van a trabajar hasta el miércoles. Les di los dos días libres con paga.

–¿En serio?

–No quiero que sigan sin mi supervisión –dijo con un tono con el que parecía burlarse de sí mismo–, sobre todo cuando empecemos con el techo.

–¿Van a Pozo Almonte?

–No, se van a quedar aquí.

Brown reflexionó un momento, como si estuviera calibrando una decisión que hubiera tomado antes y de la cual estuviera a punto de arrepentirse. Después anunció:

–Usted viene conmigo.

–¿A buscar la puerta?

–Si no le importa…

–No –dijo él, pensando en Teresa, en el tono con que le había ordenado la tarde anterior que cerrara los ojos–, para nada.

Brown hizo un gesto vago de aprobación.

–¿Quién se va a quedar cuidando, Juan? –inquirió él.

–Los dos… Es por eso que les voy a pagar.

Se rió quedamente. Enseguida agregó:

–¿Qué le parece?

–¿Qué cosa?

Podía referirse a dos opciones, pensó: a la perspectiva de acompañarlo en una incursión por el desierto o lo absurdo que significaba llevarse consigo al cuidador y tener que contratar a otro para remplazarlo. Pero no se sentía con ánimos para decidir entre esas alternativas.

–No importa –dijo Brown–. Ésa es una de las ventajas de ser el jefe…

–¿Cuál? –preguntó él, con fingido interés.

–Uno no tiene que darle explicaciones a nadie.

5

Se pusieron en marcha. Brown se abalanzó a toda velocidad loma abajo, pero frenó al llegar al teatro y condujo exageradamente despacio a lo largo de la calle principal, como desafiando a los que vigilaban detrás de los postigos y de las puertas cerradas a que hicieran algo para impedir que se marcharan de allí. Dejó que la camioneta ascendiera el callejón erosionado que conducía al hospital y tomó sin prisa la curva que lo rodeaba. Entonces, al enfrentar la recta empinada y angosta que cruzaba de extremo a extremo el acantilado, pisó el acelerador a fondo, de modo que la camioneta se abalanzó con un brinco cuesta arriba. En unos cuantos minutos traspusieron la cima. Él se dio vuelta para echar una última mirada al pueblo y se sintió extrañamente aliviado de verlo desaparecer.

Brown siguió ascendiendo en zigzag por el fondo del estrecho desfiladero, cortando las curvas con saña, dejando que las herramientas que iban sueltas en la caja se arrastraran de un lado a otro con gran estruendo por el piso corrugado. Conducía con un antebrazo apoyado en lo alto del volante, tamborileando con los dedos en el borde del panel. Llevaba una camiseta blanca de manga larga, sandalias y los mismos pantalones amarillos muy amplios que le había visto la primera vez, que parecían de un pijama. También unos pequeños anteojos de sol que, junto a su pelo corto y rígido, le daban un aspecto amenazante. La camioneta levantaba grandes nubes de polvo, de las cuales Brown parecía esforzarse por huir. El camino se iba angostando a medida que ascendían, trazando curvas cada vez más cerradas, pero continuaba acelerando con fría obstinación, forzando el motor sin el menor asomo de piedad. Las ruedas no conseguían asirse del todo en el suelo arenoso y se deslizaban en cada giro en busca de un punto de apoyo, de modo que él tenía la impresión de ir remontando un río. Aquello no representaba un verdadero riesgo, se decía, ya que avanzaban por el fondo mismo de la quebrada y no había un sitio más hondo al cual precipitarse. Habían salido tarde. Él había desarmado la carpa y preparado su bolso y arrojado ambas cosas en la caja de la camioneta cuando le había dado la impresión de que Brown se disponía a partir. Pero éste se había demorado largo rato, más de una hora, rondando la obra acompañado por Juan, con la escopeta quebrada bajo el brazo y sosteniendo un cartucho de plástico rojo entre los dedos como un habano. Repasaron una y otra vez las instrucciones de lo que debía y lo que no debía hacerse durante su ausencia. Al final había terminado los preparativos cargando el arma y encajándola, por medio de unos ganchos especialmente instalados para ello, debajo del asiento.

La camioneta coronó la cima del desfiladero. El paisaje, que los había cercado en una estrecha garganta en sombra, se replegó ahora en un valle rodeado de colinas bajas y redondeadas. En la falda de las colinas se veían unas grandes marcas circulares concéntricas, como trazadas con tiza, que había creído en el camino de ida diseños indígenas, geoglifos.

Brown las señaló con un gesto desganado. Dijo:

–¿Sabe lo que son?

–No –repuso él.

–Blancos de artillería.

Le dirigió una mirada sin expresión por encima de los anteojos y luego volvió la vista al camino. Dejó que la camioneta llegara hasta la base de una nueva cuesta y tomó una amplia curva que daba inicio al ascenso, sumido otra vez en el silencio. Ese silencio súbito, pensó él, en el que Brown se refugiaba sin el menor esfuerzo, que parecía cerrarse de pronto a su alrededor y al que se abandonaba sin resistencia, con la mayor naturalidad, como a un estado de reposo, pero que lo obligaba a él a reprimir el impulso reflejo de contrarrestarlo de alguna forma, de ponerse a decir en voz alta todo lo que le pasaba por la mente. Como si los conectara un sistema de vasos comunicantes, pensaba, como si el impenetrable equilibrio absorto de Brown fuera suficiente para descompensarlo a él, para que le ocurriera exactamente lo contrario y se sintiera más desorientado de lo que en realidad se encontraba, fuera de su propio centro de gravedad. Algo en lo que a Brown, pensó, no le cabía la menor responsabilidad y de lo que probablemente no tenía conciencia, y a lo que él debía intentar acostumbrarse más temprano que tarde.

Limpió con un dedo el vidrio del dial de la radio, a la que habían arrancado los botones. Pensó en preguntarle a Brown si funcionaba, pero descartó la idea. La camioneta continuaba su ascenso, ahora con más cautela, por un precipicio cuyo borde se recortaba apenas contra el cielo pálido y enceguecedor. Les tomó otra media hora llegar hasta la cima de esa cuesta, que se equilibraba la mayor parte del tiempo al borde del barranco. Al final de la última curva en S el terreno se nivelaba y el camino se extendía en línea recta hacia el este a través de la gran llanura calcinada y ondulante por donde debía atravesar, en algún punto entre ellos y la base de las montañas, la carretera.

Brown bebió un sorbo de agua y le tendió la botella. Él bebió con avidez, pensando que, en todo el trayecto, no se habían cruzado con nadie. En ese último tramo se veían grandes montículos de tierra removida que obstruían a medias la huella y que habían sido aplanados en algunas secciones para formar una suerte de terraplén. Atravesaron un sitio donde se veían huellas de camiones en el polvo y también una caseta desierta con una bandera roja encajada en lo alto y un bulldozer que parecía peligrosamente inclinado en el borde de una zanja.

–Van a pavimentar el camino –dijo Brown. Bebió otro sorbo de agua y se limpió los labios con el dorso de la mano–. Éstas son las labores preparatorias –agregó–. Se supone que empiezan en marzo.

Disminuyó la velocidad en un sitio en que la pared de tierra impedía el paso y permitió que las ruedas de un costado subieran al terraplén. En la tierra dura del camino se veían las huellas, como arañazos, que habían dejado las palas mecánicas.

–Por eso me estoy construyendo la casa –continuó–: cuando el camino esté pavimentado los precios en Pisagua se van a ir a las nubes.

Se rió quedamente, como si hubiera recordado algo que le hacía gracia. Unos cien metros más adelante, llegaron a la carretera: una cinta de asfalto tan desierta como la huella polvorienta que venía a desembocar en ella, encima de la cual flotaban ondas de calor. Brown se detuvo un momento, dejando que la polvareda los alcanzara por fin, miró hacia uno y otro lado por la fuerza de la costumbre y dobló hacia el sur. El reflejo del sol resbaló un instante por encima del capó y lo obligó a cerrar los ojos.

Se detuvieron en Pozo Almonte para llenar el estanque. Brown compró fruta y galletas dulces y botellas de agua en un almacén.

Luego continuaron por la carretera vacía que atravesaba en línea recta la llanura resplandeciente, con la impresión de irse internando cada vez más en el calor. El aire alrededor parecía turbio. La luz cenital empalidecía el desierto, borrando los detalles como en una película muy sobreexpuesta y parecía comprimir la camioneta contra el pavimento. Iban con las ventanillas bajas, dejando que el aire hirviente atravesara entre ellas en bocanadas como bloques sólidos que se adherían a su piel y a sus ojos, impidiéndole, al menos a él, hilvanar el menor pensamiento, dejándolo indiferente y asqueado. Le costaba trabajo respirar. En el calor flotaba un leve rastro de olor a perro; en la juntura del asiento y en el piso aún quedaban pelos del animal, que parecían haberse fundido con el plástico de la cabina. En un momento encendió un cigarrillo, pero el humo le raspó la garganta y se dedicó a mordisquear el filtro. Durante un tramo entrecerró los ojos, dejando que el paisaje desfilara vertiginosamente por los bordes de su visión, disolviéndose en amplias franjas de luz. Pero aquello tampoco lo hizo sentirse mejor.

Después de una hora, la carretera derivó con suavidad hacia el oeste y se adentró en un paisaje confuso de valles encerrados, quebradas y colinas de forma incierta, desde cuyas cimas se divisaba aún la dilatada superficie de la llanura amarillenta y brumosa bajo el sol. Brown continuó avanzando muy rápido por un tramo de colinas bajas, donde la camioneta parecía despegar y aplastarse contra el piso en cada ondulación, y frenó de pronto ante una casa blanca de ladrillo que parecía abandonada en medio del descampado. En lo alto de la casa se equilibraba un letrero de hojalata que el sol había desteñido por completo y donde alguien había escrito recientemente con brocha: Posada. Señalizó el viraje como si los rodeara el tráfico y cruzó la pista contraria.

Adentro estaba fresco y olía a desinfectante. Una brisa suave atravesaba el salón vacío entre dos ventanas abiertas. La hoja de una de las ventanas se abría y se cerraba lentamente, golpeándose contra el marco y reflejando el sol, de modo que un pálido rectángulo de luz describía amplios círculos en el piso húmedo, como un foco. Se sentaron ante una mesa redonda de plástico, en un sitio donde parecía concentrarse la corriente de aire. Él notó que no había dos mesas iguales. En el muro, a contraluz, distinguió una foto enmarcada donde una mujer vestida sólo con una chaqueta de cuero sin mangas subía por una escalera, tomada desde atrás. A ambos lados, se alineaba una serie de acuarelas de camiones. En una esquina, montado sobre una pequeña repisa que parecía un altar, un televisor emitía un partido de fútbol con el volumen apagado. El verde de la cancha, reflejado en el mostrador de vidrio y en las junturas de las baldosas, parecía flotar en todo el salón como en el interior de un acuario. Desde otro punto de la casa, tal vez la cocina, llegaba el sonido apagado de una radio, al parecer la transmisión del mismo partido. Le llamó la atención una mancha roja de forma triangular en un ángulo de la pantalla, que no se movía. Un adhesivo de garantía, pensó, que por algún motivo no se habían animado a remover.

Ordenaron sándwiches a una mujer corpulenta, de cara redonda y agradable, que anotó su pedido en una libreta con suma concentración y desapareció empujando con un hombro la puerta batiente que daba a la cocina.

—No creo que alcancemos a llegar hoy —dijo Brown, con las palmas de las manos apoyadas en la superficie manchada de la mesa.

—¿Hay algún apuro?

Brown se encogió de hombros a modo de respuesta.

—Quiero pasar el menor tiempo posible en Agua Santa —dijo. Se dispuso a agregar algo más, pero luego cambió de plan.

La mujer reapareció y se acercó a la mesa sin apuro, sosteniendo una bandeja redonda con botellas y vasos. Las depositó frente a ellos y les sonrió. Llevaba un vestido corto y sin mangas, que le ceñía mucho las amplias caderas. Uno de sus ojos no se abría del todo. El párpado temblaba levemente a media altura, como si un grano de polvo acabara de colarse en él y estuviera haciendo un esfuerzo para no pestañear. Debía tener unos cuarenta años. Él trató de imaginar cómo sería vivir en ese sitio, en lo que parecía el borde mismo de la nada, y algo en su interior se negó a hacerlo.

La mujer se alejó despacio hacia la parte oscura del salón. Al mismo tiempo, el locutor de la radio alzó de pronto la voz, sin que pudieran comprender lo que decía. Él se fijó en el televisor y vio a un arquero tendido en el pasto y enseguida la cámara barrió una parte de la cancha como si hubieran perdido por un instante el centro de atención y se detuvo en el rostro adusto del árbitro.

Brown se bebió de un trago casi toda el agua mineral. Luego apoyó los codos en la mesa y se refregó los ojos. Un bus pasó zumbando a toda velocidad por la carretera.

—¿Está cansado? —preguntó él.

—No.

–Puedo manejar si quiere.

–No, gracias –dijo Brown con impaciencia.

La mujer regresó después de mucho rato trayendo los sándwiches. Recogió la botella de Brown.

–¿Quiere otra?

–Por favor –dijo Brown.

Apoyó la bandeja sobre el respaldo de una silla libre y redobló su sonrisa. Brown levantó la vista hacia ella con una expresión de absoluto fastidio.

–Hace calor, ¿ah?

Brown no contestó. Ella se quedó quieta un instante mirando hacia el televisor y a él le dio la impresión de que su ojo vibraba un poco más rápido.

–¿Adónde van? –preguntó, vacilante.

–A Taltal –dijo él, esforzándose por sonreírle de vuelta. Sintió la tentación de preguntarle por qué no habían quitado el adhesivo rojo de la pantalla, pero se contuvo.

–¿Qué andan haciendo por estos lados?

–Nada –dijo Brown.

La mujer asintió bajando la vista y se alejó hacia la barra. Brown comenzó a devorar su sándwich con fruición y no levantó hacia ella la vista cuando trajo la nueva botella de agua mineral. Una pequeña puerta corredera que conectaba la barra con la cocina se abrió de golpe, aumentando por un instante el volumen de la radio, y volvió a cerrarse antes de que él tuviera tiempo de ver quién estaba detrás. Levantó su vaso y agitó la cerveza que quedaba en el fondo. Terminó de comer y encendió un cigarrillo. Se quedó mirando cómo el humo teñido de verde se desintegraba en la brisa y el reflejo de la ventana que atravesaba otra vez el piso y se detenía un momento entre las patas de una mesa contigua. Permanecieron largo rato reclinados en las sillas, reuniendo fuerzas para volver a salir al calor.

Poco más adelante, el camino descendió hacia un valle verde de muros escarpados y prosiguió elevado sobre un terraplén, en medio de lo que parecía un terreno pantanoso. El pasto a los lados del camino era muy alto y llegaba hasta la altura del pavimento. Al enfilar por el fondo del valle, Brown murmuró algo inaudible y pisó el acelerador a fondo para atravesar una nube de insectos.

–¿Perdón? –dijo él.

–Nada. No importa.

A la derecha, detrás de una doble hilera de sauces, entrevió un cobertizo de calamina y un viejo tractor rojo que parecía medio hundido entre los juncos, detrás del reflejo del sol que avanzaba a toda velocidad por el agua estancada. Los insectos parecían flotar en delgadas sábanas fosforescentes en el aire recalentado del terraplén. Cada cierto tiempo se precipitaban como ráfagas de lluvia contra el parabrisas y él alcanzaba a distinguirlos en el último momento, antes de estrellarse. Se fijó en una gran avispa negra que había quedado atrapada entre la goma del limpiaparabrisas y el cristal, temblando convulsivamente, hasta que el viento la barrió lejos de su vista.

Dejaron atrás ese pantano. Brown avanzó muy despacio entre una doble fila de dependencias nuevas que se cocinaba al sol y se detuvo ante una construcción larga de cemento cuyo techo de cinc parecía seguir la inclinación del terreno. Esperó. El camino se ramificaba allí en ocho o diez pistas, con bandejones de separación, y en el asfalto se notaba una compleja red de señales aparentemente diseñada para ordenar grandes volúmenes de tránsito. Pero aquello estaba vacío.

–Espero que no ande con drogas –dijo Brown sin quitar la vista de la puerta de la aduana.

Después de cinco largos minutos, un policía se dirigió hasta ellos bajo el calor. Estudió los papeles de Brown con los labios torcidos en un gesto de desprecio. Revisó los bultos revueltos de la caja sin tocar nada y les indicó con un ademán que podían continuar.

Atravesaron un puente y ante ellos se extendió una ancha curva deslumbrante del Loa, que emprendía el último envión de su laborioso avance hacia el mar. Enseguida la carretera volvió a ascender, cortando la roca negra de un barranco, y durante un largo tramo corrió paralela al río, en dirección opuesta al avance de la lenta corriente. Lo vieron desplegarse cada vez más abajo hasta que por fin el camino derivó hacia el oeste y se perdió de vista.

Cruzaron una zona barrida por un fuerte viento, que levantaba grandes ráfagas de polvo a través del camino y comenzó a silbar de pronto en las ventanillas. Dejaron atrás una hondonada de tierra arcillosa y pasaron luego una cadena de dunas bajas. Él se esforzaba por prestar atención a los cambios del paisaje. Desde la ventanilla del bus, pensó, el desierto se le había presentado como un solo espectáculo de uniforme desolación. Ahora, a medida que la luz empezaba a ceder, le daba la impresión de no ser nunca completamente igual a sí mismo; no parecía haber continuidad, pensó, excepto por el tema recurrente de la llanura encajonada entre las montañas. Y tampoco detalles humanos que permitieran formarse una idea de la escala ni de las distancias, de modo que podía percatarse de las transiciones de un lugar a otro, sin recordar el orden y sin que en ese largo encadenamiento pareciera reinar lógica alguna, con la sensación de ir trasponiendo las etapas de una pesadilla.

A unos cincuenta kilómetros del río, Brown disminuyó de pronto la velocidad en una intersección, donde una pequeña cruz raída de madera repetía el cruce de los caminos. Vieron el inicio despedazado de un camino perpendicular, con trozos de pavimento afilados como guadañas sobresaliendo de la tierra áspera, que se elevaba en línea recta por un gran plano inclinado de desierto y se perdía de vista mucho antes que las gigantescas torres de alta tensión que lo flanqueaban. Brown atravesó lentamente la sombra de los cables, aferrando el volante y la palanca de cambios con la misma mano, vigilando ese sitio como en busca de un punto de referencia más sutil. Luego enganchó el motor y se alejó acelerando del cruce.

A las seis llegaron al desvío a Antofagasta y cargaron gasolina. Continuaron hacia el sur. A medida que avanzaban, los iba rodeando un tráfico intermitente y él tenía la impresión de que comenzaba a arrastrarlos, aunque todavía en forma débil, el campo gravitacional de Santiago. Aun sin saberlo, pensó, los ocupantes de los camiones y buses que se materializaban cada cierto tiempo ante ellos para volver a absorberse en las soledades sin dejar rastro, se aproximaban o se alejaban de la capital. Al llegar a la cima de una cuesta, Brown estuvo a punto de estrellarse contra la cola de un camión. Enseguida desenganchó el motor y dejó que la camioneta continuara la marcha por su propio peso, a la espera del momento para adelantarlo. El camión descendía muy lento, tomando prolijamente las curvas de la cuesta, pero Brown no se decidió a pasar. En la parte de atrás, inmediatamente encima de ellos, iban dos hileras enfrentadas de conscriptos con los ojos clavados, a falta de otro objeto de interés, en la camioneta. Todos parecían tener más o menos su edad: veinte años. Llevaban camisetas negras, la cabeza descubierta y grandes fusiles asomando entre las rodillas, y parecían exhaustos, abrumados por el calor y el tedio.

Finalmente, Brown no pudo contenerse más y los sobrepasó en una curva. Llegó en poco tiempo a lo que parecía la base de aquella cuesta y se detuvo junto a la boca de un puente, en una hondonada protegida del viento en que las suelas de los zapatos se pegaban al asfalto de la berma.

–Tengo que mear –dijo Brown.

Atravesó el pavimento. Lo vio descender por un talud hasta un sitio en que quedaba más o menos fuera de la vista de la carretera, bajo la sombra del puente. Él se reclinó contra un costado de la camioneta y bebió un poco de agua. El camión cruzó remeciendo el puente. Se quedó inmóvil, sintiendo la vibración que ascendía como una lenta corriente eléctrica por sus tobillos y agitaba el contenido de la botella, y vio que algunos de los soldados se daban vuelta a mirar tristemente hacia él. Brown regresó y estiró los brazos en la orilla del pavimento, parpadeando en la luz oblicua. Él notó que sus siluetas caían a lo largo del talud y se recortaban nítidamente en un cerro del fondo, junto a la sombra de la camioneta.

Media hora más tarde, Brown salió por fin de la carretera y enfiló por un camino sin señalización que se internaba en el desierto en dirección al este.

–Por aquí se llega a Bolivia –dijo Brown, después de un rato.

El camino avanzaba por el fondo de una hondonada entre dos cadenas de colinas bajas. Daba la impresión de extenderse en línea recta, pero podían ver la sombra de la camioneta delante de ellos, girando despacio hacia uno y otro lado del parabrisas, donde las manchas de insectos se habían vuelto opacas. Dejaron atrás una oficina salitrera, de la cual sólo quedaban dos muros de adobe en ángulo recto, que parecían sostenerse el uno al otro, y una gran extensión de escombros diseminados por el flanco de un cerro. Desapareció de inmediato detrás de la polvareda. Unos cien metros más adelante vieron aparecer, en el otro costado del camino, un cementerio que debía corresponder a la oficina y que parecía una versión en miniatura del de Pisagua: un pequeño rectángulo de cruces polvorientas flotando como una balsa en el descampado.

La camioneta penetró en una zona de sombra, donde el camino cortaba la ladera de un cerro. Al salir de la sombra vieron aparecer los vestigios de una nueva oficina y Brown disminuyó la velocidad para atravesarla.

–Una vez acampé ahí durante diez días –dijo Brown sin desviar la mirada del camino.

En el costado derecho se divisaban dos hileras de barracas derruidas de adobe, que debían haber sido los dormitorios de los obreros, y cerca de ellas una suerte de excavación circular, como un pozo, cuyos muros eran sostenidos por grandes cajas de lata oxidada, a modo de ladrillos. A la izquierda, la ladera de la loma estaba cortada por un complejo sistema de cimientos de concreto, con restos de piezas metálicas incrustados donde se habían asentado las maquinarias. En algunos sitios se veían grandes bloques de adobe medio enterrados en la arena roja y compacta. No quedaba ningún muro en pie, sólo las bases de antiguos edificios escalonando la loma, de modo que daba la impresión, pensó, de que el paisaje hubiera adquirido por sí mismo formas geométricas.

Poco más adelante, Brown se desprendió de aquel camino principal y tomó por una huella irregular y abrupta que ascendía hacia la cima de una colina. Avanzó con precaución, abrazando el volante, inclinado para mirar por encima del borde del capó. Desde la cima se dominaba una llanura larga y angosta color naranja, atravesada por la sombra rasante de otros cerros más bajos. Brown se detuvo y señaló hacia una hilera de postes que se adentraba por ella en dirección al sur.

–¿Ve eso?

–¿Sí? –dijo él.

–Es la línea del tren –repuso Brown–. Agua Santa queda hacia allá.

Descendió lentamente por la cara en sombra de la colina, tratando de evitar que el parachoques se golpeara contra las salientes de roca, hasta un sitio en que la ladera se nivelaba en una angosta meseta y que quedaba oculto del camino principal.

–Aquí nos quedamos –dijo.

Se dedicaron a despejar un pedazo de terreno pateando las piedras y los terrones de arena endurecida. Luego desplegaron la carpa, clavaron las estacas y él ensambló las varillas de plástico, formando una X. Cuando terminaron, el sol se había ocultado. Él encendió un cigarrillo y observó cómo el borde de las sombras ascendía por el faldeo púrpura de las montañas. Comieron queso y galletas, sentados en la cabina. En cuanto hubo oscurecido, Brown formó un hueco entre los bultos de la caja y tendió allí una delgada colchoneta y un saco de dormir. Él se acostó en la carpa. En la oscuridad, le pareció ver una vez más la cinta de la carretera deslizándose hacia él. Trató de concentrarse en esa imagen, apretando los párpados, pero terminó por desvanecerse.

Al amanecer descendieron hasta la base de la colina y continuaron por una huella áspera y borrosa que corría paralela a la línea del tren. Contemplaron la salida del sol y el modo en que su reflejo se les adelantaba vertiginosamente sobre los rieles. Brown enfiló hacia una angostura, donde la línea tenía que ascender por el faldeo de las montañas para evitar el extremo de una cadena de cerros oscuros, detrás de la cual se extendía otra vez el espacio abierto. Los cerros retrocedieron enseguida hasta casi perderse de vista. Brown continuó durante un tramo junto a las vías y luego se desvió por un sendero que cortaba la llanura en diagonal hacia el oeste. En poco tiempo, el sendero se transformó en un camino muy angosto y profundo, como una zanja, en el que la camioneta iba enterrada hasta la altura del parachoques. Eso aumentó su sensación de cruzar un gran lago, cuyos bordes se evaporaban alrededor. Brown conducía muy rápido, como si quisiera llegar a destino antes de que el calor se volviera otra vez intolerable, enfilando en línea recta por una laberíntica red de huellas menores. De pronto, la camioneta patinó en una fosa de arena. Las ruedas traseras derraparon hacia la izquierda montándose en el terraplén y una piedra golpeó el costado del parachoques. Brown giró bruscamente el volante, levantando una cortina de arena que cubrió el parabrisas, y la camioneta volvió con una sacudida a su curso en el fondo de la zanja. Continuó avanzando sin disminuir la velocidad, mientras la camioneta daba bandazos que arrancaban sordos quejidos del chasis, y dejó que el viento escurriera la arena hacia los costados.

Cerca de las diez, vieron aparecer a la izquierda una enorme bodega de cinc oxidado. Brown realizó un amplio giro para evitarla y continuaron bordeando la falda de un cerro, en cuya cima se divisaban los restos de una oficina imponente como una fortaleza. Llegó a una bifurcación y tomó por un sendero que subía hacia las ruinas. La camioneta trepó despacio entre la ciudadela de dependencias destrozadas, donde los grandes bloques de adobe desprendidos y los escombros tenían el mismo color deslavado de la ladera, y el viento había erosionado los muros que quedaban en pie, de modo que la luz del cielo atravesaba las junturas. Se detuvo sobre una plataforma de concreto, frente a lo que parecía haber sido la administración, de la que sólo se había conservado parte de la fachada y una de las barandas de una escalera de piedra. Más arriba se veía una monumental losa de cemento en forma de V, que desde lejos le había parecido partida por la mitad y derrumbada. Detrás se alzaban dos o tres hileras de pilotes metálicos y, en lo alto, un enorme muro de adobe cortado por largas ventanas verticales que continuaba el filo de la cima y parecía delimitar el anverso y el reverso del cerro.

Brown apagó el motor y se dirigió hasta el borde de la plataforma, desde la cual se dominaba la vasta extensión de la llanura que acababan de atravesar. Desde allí se distinguían, a la izquierda, las ruinas enormes de otra oficina, encajonadas en una garganta entre dos cerros. Y también, en un punto exactamente a mitad de camino entre ellos y la bodega de cinc, una mancha de color amarillo muy brillante que parecía flotar por encima del llano.

–¿Ve esa oficina del fondo, ésa de allá? –dijo Brown, señalando en dirección a las montañas, hacia un punto indescifrable que podía haber sido un conjunto de ruinas, pero también otra cosa.

–¿Sí?

–Ésa es la San Gregorio, donde fue la famosa matanza del año 21.

Él asintió, sin la menor idea de a qué se refería.

–¿Y eso? –inquirió, señalando hacia la mancha amarilla.

–Sacos –dijo Brown.

Se quedó mirando absorto en dirección a la planicie, donde se veían columnas de polvo levantadas por el viento a mucha distancia. Él tuvo la impresión de que había querido indicarle otros puntos de referencia en aquello en lo que él no era capaz de distinguir nada, pero había cambiado de parecer.

Subió por los escalones despedazados de la administración y recorrió los escombros, intentando formarse una idea del trazado original del edificio. Vio que uno de los muros interiores había sido pintado de verde, simulando un diseño de baldosas. Al final de las ruinas, el terreno descendía a pique. Unos veinte metros más abajo estaba el cementerio. Le llamó la atención, al igual que con los otros, la nitidez de sus límites, las líneas rectas del perímetro donde las vallas habían sido arrancadas y que formaban un rectángulo inconcebible en medio de la desolación, demarcando como una membrana el desorden interior de la inmensidad indiferenciada del desierto. Aquel cementerio parecía haberse ido desgastando desde un extremo. A un lado se veían, aún en pie, armazones de fierro y pino oregón, lápidas, flores de papel. En el otro, sólo cruces y montículos de tierra endurecida e irregular; el extremo más barato, descuidado ya en los tiempos de gloria, se dijo, en que se tendría la impresión de caminar sobre los cadáveres sin poder hacer nada al respecto. Como si el constructor hubiera perdido de pronto el entusiasmo y abandonado su trabajo, pensó, o la acción de los elementos hubiera operado en ese sitio como una lenta combustión.

Escuchó que Brown encendía el motor y se dirigió hacia la camioneta. Descendieron hasta la base del cerro y se encaminaron hacia aquella mancha.

–Vamos a hacer una parada –dijo Brown.

Él esperó hasta que fue tomando forma una pirámide achatada de sacos amarillos que parecían de plástico, erigida detrás de una choza de madera. Sobre el techo plano de hojalata habían arrojado los restos de un somier. Dos carretillas estaban apoyadas contra un muro lateral, junto a un atado de palas y picotas amarrado con alambre y un refrigerador sin puerta que se mantenía de pie medio enterrado en un montículo de arena. Brown se detuvo antes de llegar a la casa, donde la huella empezaba a separarse para rodearla. El destello de los sacos hería los ojos y le tomó un rato distinguir la figura de una mujer que los observaba desde la sombra de un alero.

Descendieron. La mujer, que era joven y muy morena, de rasgos indios, salió cojeando al sol para abrazar a Brown en medio de una ráfaga de viento. Él se quedó de pie cerca de la camioneta.

Brown extendió un brazo hacia él y sonrió:

–Elisa, le presento a un amigo: Pedro Flores –dijo.

–Mucho gusto –dijo ella.

Él asintió.

–¿Está Raúl? –preguntó Brown.

–Todavía no llegan.

–¿Le molesta si los esperamos?

–Para nada –contestó ella–, pero todavía les queda como una hora.

La mujer entrecerró los ojos para mirar hacia un punto del descampado. Llevaba el pelo negro tomado en una sola trenza en lo alto de la cabeza y una falda larga y desteñida. Por un momento, había tenido la impresión de que llevaba medias de distinto color; luego notó que una de sus piernas era ortopédica. El plástico, de un rosado intenso que refulgía bajo el sol, lo hizo pensar en una muñeca.

–¿Se quieren quedar a almorzar? –agregó, después de un momento.

—Bueno —dijo Brown de inmediato.

Se sentaron en un banco de madera adosado al muro frontal de la cabaña, bajo la angosta franja de sombra del alero de lata. La joven les entregó vasos y una jarra de jugo muy rojo, que parecía vino. Luego desapareció en el interior, desde donde llegaba el sonido apenas audible de una radio que transmitía un vals.

—¿Qué hacen aquí? —preguntó él después de mucho rato.

—Sacan sulfato de sodio —repuso Brown.

Se puso de pie y desapareció en un costado de la casa. Regresó trayendo un trozo de algo que parecía barro blanco.

—Es sulfato... —dijo. Él lo sopesó en su mano. Parecía sólido, pero se deshacía como arena entre los dedos. Brown agregó—: Al contacto con el agua se cristaliza y hay que partirlo con combo.

Se llevó un poco a la punta de la lengua y no le supo a nada que pudiera identificar.

—¿Para qué sirve?

—No lo sé exactamente —dijo Brown—, creo que se usa para fabricar papel y detergentes.

—¿Cómo lo sacan?

—A pala. Se encuentra bajo tierra, como a unos treinta centímetros —separó las palmas de las manos para indicar la profundidad—, debajo de unas formaciones que aquí se llaman "panqueques". Tienen que sacarlo con mucho cuidado para que no se ensucie, para que no se mezcle con la tierra. Por eso no se pueden usar excavadoras: sólo se puede extraer en forma artesanal.

—¿Es caro?

—Más o menos —repuso Brown.

Él fue hasta la camioneta para buscar sus cigarrillos. Permanecieron sentados en el banco durante mucho tiempo, escuchando la música que parecía llegar desde muy lejos, mezclada con el zumbido del viento. Finalmente vieron venir por el desierto a los que habían estado esperando: dos hombres y un muchacho. Avanzaban despacio bajo el sol ardiente, empujando carretillas en las que se equilibraban aquellos pesados sacos amarillos. Los acompañaba un cachorro gris, que se puso a ladrar y a dar brincos nerviosos cuando vio que Brown les salía al paso.

Brown abrazó a los hombres y estrechó la mano del chico, quien levantó la suya con desgano. El grupo pasó ante la casa y se dirigieron sin volver a detenerse hacia la parte de atrás para dejar los sacos.

Brown lo presentó:

–Pedro Flores. Raúl Montenegro y el Rucio.

Les estrechó las manos.

–Mi sobrino –declaró el Rucio señalando al chico, que se había encajado las manos en los bolsillos–, es de Ovalle.

–Encantado –dijo él, de un modo irónico.

El muchacho, que debía tener unos once o doce años, esbozó un gesto rápido, sin levantar la vista, y desapareció en el interior de la vivienda. Brown se agachó frente al perro y agitó el polvo con los dedos para atraer su atención. El animal lo observó seriamente y ladeó la cabeza, pero conservó su distancia.

–Pensamos que el patrón había cambiado de vehículo –dijo el Rucio, con una amplia sonrisa agujereada.

–¿Viene hoy? –preguntó Brown.

–Pero más a la tarde –dijo Montenegro.

–Viene a llevarse la cuota semanal –puntualizó el Rucio.

–Se van a quedar a almorzar –anunció Elisa, asomada al umbral.

–Hay lentejas no más –repuso Montenegro.

–Nos podría haber avisado... –dijo Elisa.

–No se preocupen –dijo Brown.

Los cuatro se sentaron en el banco, a ambos lados de la puerta. Elisa les alcanzó una nueva jarra de jugo del mismo color. El cachorro avanzó hasta una esquina de la cabaña y después regresó trotando por donde había venido. Se detuvo un momento junto a la puerta para olisquear el aire y se quedó mirando fijamente en dirección a la camioneta, sin agitar la cola. Luego desapareció por la puerta.

–Tanto tiempo... –dijo Montenegro después de una pausa. Parecía tener la misma edad de Brown. Iba vestido con unas viejas alpargatas de caucho y un pantalón cortado por debajo de las rodillas, y llevaba el torso desnudo. Su barba y pelo blancos relumbraban en la luz polvorienta, oscureciendo sus facciones hasta borrarlas por completo.

–Lo sé –contestó Brown.

–Más de un año, ¿no? –dijo el Rucio y miró hacia el suelo con aire intimidado. Era bajo y musculoso, y parecía algo menor que los otros. Aunque no mucho. Sus ojos celestes y rasgados le daban un aire asiático y el pelo amarillento se le pegaba desordenadamente a la piel oscura del cráneo.

–Así es.

–¿Qué ha estado haciendo? –inquirió Montenegro.

Brown se encogió de hombros. Luego señaló:

–De todo un poco.

Montenegro asintió con expresión pensativa y se tiró los pelos de la barbilla con todos los dedos de una mano.

–¿Y, viene a quedarse? –preguntó.

–De visita no más –repuso Brown, con un tono que intentaba ser conciliatorio–. No quería dejar de saludar a la Elisita...

–¿A dónde van? –quiso saber Montenegro.

–A Agua Santa. Me regalaron una puerta y vamos a buscarla.

Él estiró las piernas y miró cómo las puntas de sus zapatillas se asomaban al sol.

–En serio –insistió Montenegro–, ¿no lo ha pensado?

–Mi espalda todavía me pide perdón –dijo Brown.

El Rucio se echó a reír y Montenegro lo imitó después de un instante. Brown se dio vuelta hacia él y le explicó:

–Hace unos años me quedé aquí un par de meses.

–El 94 –precisó el Rucio.

–¿Trabajando? –quiso saber él.

–Haciendo el intento –dijo Brown y los otros rieron de buena gana–. ¿Vio esos sacos amarillos? –prosiguió–. A mí me daba para llenar unos siete al día, como media tonelada... Ellos hacen el doble. Y eso que ya están en las últimas.

El Rucio y Montenegro soltaron nuevas carcajadas. Él se esforzó por que la imagen de Brown extrayendo sulfato de sodio, viviendo con aquellos hombres, se formara en su mente.

–Pero lo echamos de menos –dijo Montenegro.

–Aquí siempre somos los mismos.

–Lo que echan de menos es la camioneta –repuso Brown.

Los otros volvieron a reír, pero de un modo que pareció incómodo. Elisa salió de la cabaña y le entregó a cada uno un plato metálico en el que humeaba un guiso muy espeso de lentejas.

–Gracias –dijo Brown.

Se puso a remover el contenido de su plato, mientras los otros lo devoraban muy rápido, separando el guiso de los bordes y luego aplastándolo con la cuchara.

–¿Cómo va el trabajo? –preguntó.

–Igual no más –repuso el Rucio, con la boca llena.

–Lo único malo es que el sulfato se nos va alejando –dijo Montenegro–; hay que ir a buscarlo cada vez más lejos.

–¿Por qué no mueven la casa?

–Eso mismo digo yo –anunció el Rucio.

–No vale la pena. Tendríamos que empezar a movernos por todos lados...

Comieron un rato en silencio.

–¿Siguen pagando lo mismo? –inquirió Brown.

–Subieron a tres por tonelada.

–No es mucho.

–No –dijo Montenegro.

Elisa salió sosteniendo una cacerola y sirvió una nueva ración a los mineros.

–¿A qué hora vuelven al trabajo?

–Cuando baje el calor –respondió Montenegro, indicando con un vago ademán la línea de sombra del alero.

–Ni siquiera salimos para la Navidad –sentenció el Rucio a propósito de nada y se pasó la lengua por los dientes–. Don Acevedo vino en el camión para llevarnos a Antofagasta, pero no quisimos bajar. Nos quedamos trabajando como siempre no más.

–¿Cómo está Acevedo? –quiso saber Brown.

–Bien.

–¿El viejo sigue enfermo?

–Está peor –anunció Montenegro–. El mes pasado se lo llevaron a la capital para un tratamiento... Ya no creo que vuelva.

–¿Y Manríquez?

–¿Qué?

–¿Sigue vivo y coleando?

Volvieron a reír.

–Así parece.

–Tal vez lo pase a ver más tarde al Oasis –anunció Brown.

Montenegro hizo saber con un gesto que lo tenía sin cuidado. Dijo:

–Mándele saludos.

Terminaron de almorzar y permanecieron en sus puestos, bebiendo jugo, dejando que transcurriera perezosamente una conversación que a él le resultaba a medias incomprensible y de la que acabó por distraerse. Comprendió, sin embargo, que aquellos hombres no sabían gran cosa de Brown, pese a haber convivido durante meses. Tal vez menos que él. Se distrajo mirando hacia la llanura reverberante atravesada por remolinos de polvo que no alcanzaban a erigirse por completo antes de volver a desplomarse. El sol se dejaba caer con toda su furia, eclipsando el paisaje como en un sueño. La luz opaca parecía no provenir de ninguna parte y colgar sobre ellos a escasos centímetros del alero como una masa quieta y sin forma. El desierto iba cambiando de tono en dirección a las montañas del fondo en delgadas láminas horizontales y le daba la impresión de distinguir las capas geológicas en un corte transversal. En un momento cerró los ojos y las voces le parecieron lejanas, como si retumbaran en un espacio vacío.

A las cuatro, el sobrino salió de la casa hasta el sol directo y bostezó y se restregó los ojos con las palmas de las manos. Cruzó ante ellos, acompañado del cachorro, y desapareció hacia la parte trasera de la casa. La radio dejó oír en ese instante un fuerte golpe de interferencia y se apagó de inmediato. Él se preguntó si no sería alguna forma de mensaje cifrado. El sobrino regresó empujando una carretilla llena de sacos vacíos. La dejó caer en el polvo y ordenó las palas y picotas en su interior. Se aclaró la garganta y escupió. Él notó que la franja de sombra había avanzado más allá del alcance de sus zapatillas.

Montenegro y el Rucio fueron por sus carretillas y luego abrazaron a Brown.

–¿Cuándo lo vamos a volver a ver? –preguntó Montenegro, con el mismo tono de reproche.

–Pronto.

–¿Por qué no se decide y se viene a quedar de una vez por todas?

–Lo voy a pensar –dijo Brown.

Los vieron alejarse por el desierto. Brown le dirigió a él una mirada de impaciencia y se asomó al umbral.

–¿Elisita?

–¿Sí? –dijo la voz de ella.

–¿Le importa si me tiendo un rato adentro?

Él encendió un nuevo cigarrillo. Fumó en silencio, escuchando los movimientos desiguales de la mujer, que había apagado la radio, en el piso de tierra. Después de un rato escuchó cómo la respiración de Brown se iba transformando en un suave ronquido.

Avanzaban en dirección al sur por el llano pedregoso, trazando amplios giros para evitar un archipiélago de colinas bajas. Por las ventanillas penetraban ráfagas de aire tibio y seco, pero el calor ya había cedido. A esa hora grandes semicírculos de sombra comenzaban a reptar en la base de los cerros y la blancura enceguecedora del mediodía iba cediendo paso a los colores del crepúsculo. En ese tramo se distinguía una gran línea divisoria que atravesaba el desierto de parte a parte, demarcando una zona de tierra parda de otra más roja como la confluencia de dos ríos. La camioneta rodaba por la misma trama incesante de huellas, que se bifurcaban y convergían constantemente, sin que nada pareciera anunciarlas, desapareciendo de inmediato una vez desechadas.

En un determinado punto, vio aparecer a la izquierda una serie de montículos en la planicie. Al aproximarse comprobó que eran todos iguales: junto a cada uno se veía una marca como de una garra gigantesca que había rastrillado la tierra.

–¿Ésos son panqueques? –preguntó él.

–No, minas.

–¿Minas?

–Minas explosivas removidas por los milicos –dijo Brown con una sonrisa–. Por aquí es mejor no salirse de los caminos.

La huella rodeó la ladera de una de las colinas y desde la elevación distinguieron otra vez la línea del tren. Brown permitió que la camioneta convergiera lentamente hacia los postes y se desvió en una huella que evitaba intersectarla y proseguía junto a los rieles. Un par de kilómetros más adelante, vieron aparecer a un par de hombres que caminaban en la dirección contraria sobre la vía, uno delante del otro, dando grandes zancadas para no pisar la tierra suelta entre los durmientes. Brown frenó en seco y los hombres lo saludaron y atravesaron la zona de arena dura y quebradiza que separaba la línea de la camioneta. Notó que los dos tenían los pantalones manchados de algo blanco, tal vez cal o yeso, hasta la altura de las rodillas.

–Don Brown –dijo uno de ellos.

–¿Qué tal?

–¿Qué anda haciendo por estos lados? –preguntó el otro. Parecían hermanos.

–Vamos al Oasis y después a la estación.

–¿A Agua Santa?

–Así es.

–¿No nos quiere llevar donde la Pepita? –dijo el hombre señalando hacia el norte.

–No puedo –contestó Brown–, vamos atrasados.

Uno de los hombres dio un golpe en el capó a modo de despedida y comenzaron a alejarse.

–Para otra vez será –dijo, ya de espaldas.

Arrancaron. Unos quinientos metros más adelante, Brown se alejó de la vía para evitar una nueva colina y luego volvió a converger hasta ella.

–¿Sabe de dónde es Montenegro? –preguntó después de un rato–. De Rancagua.

Él permaneció en silencio.

–Allá trabajaba en un fundo –continuó Brown–, cerca de Las Cabras, y tenía una familia. Mujer e hijos. Un día lo despidieron y no pudo volver a encontrar trabajo. Decidió venirse al desierto y estuvo trabajando como pirquinero y después como minero cerca de donde ahora está La Escondida. Y finalmente se asentó, hace como diez años, en lo del sulfato... –Se quitó los anteojos y los arrojó en el panel, encima de la guantera–. Nunca más ha visto a su familia. Ellos no han vuelto a saber de él. Les dijo que se iba al norte a buscar pega y desapareció para siempre.

–¿Elisa es su mujer?

–Sí –dijo Brown.

Pasó de cambio y se quedó en silencio, otra vez abstraído. Él se propuso preguntarle sobre el sulfato, sobre qué lo había llevado a establecerse allí y dedicarse a ese trabajo, pero Brown se le adelantó:

–¿No le parece interesante?

–¿Qué cosa? –dijo él.

–Que alguien pueda desvanecerse de esa forma, cambiar de vida...

–No parece demasiado contento con su nueva vida.

Brown se rió. Enseguida dio un brusco golpe de timón, girando todo el volante hacia un lado, para evitar una poza de arena. Continuó a campo traviesa entre los rieles y la huella hasta un punto que le pareció propicio para volver a montarse en ella.

–Mi padre me contó una vez de un caso parecido –dijo con calma–: un viejo que conoció cuando era muy joven en el fundo de la familia de su madre, en Temuco. El viejo pasaba de los noventa años, tenía unos ojos azules ya medio ciegos y vivía como allegado en la casa de un inquilino, porque era abuelo de su ex mujer o algo por el estilo... Estaba medio paralizado y no hacía nada excepto fumar una pipa y dejarse crecer una barba rala y sucia. Cuando se emborrachaba, sin embargo, se ponía a hablar en lo que parecía una mezcla de varios idiomas y juraba que, en su juventud, había sido inglés y miembro de una familia noble y muy rica. Había viajado a América, decía, con la intención de estudiar español en Buenos Aires. Y había cruzado a pie la cordillera rumbo a Chile en compañía del famoso capitán Burton, el explorador africano, de quien se había separado en Valparaíso después de una farra de proporciones considerables y a quien se había vuelto a topar por casualidad en Perú, en el Callao –Brown hizo una pausa y lo miró a él de reojo. Se pasó la palma de una mano por el pelo hirsuto–. Después de recorrer el continente durante varios años –continuó–, había zarpado desde Montevideo rumbo a Inglaterra, pero una tormenta había hecho naufragar el barco frente a la costa brasileña. Sin saber cómo, decía el viejo, se había encontrado en una playa desierta, sin equipaje ni señas de identidad, pero milagrosamente con vida. Aunque no era un hombre religioso, había interpretado ese milagro como una señal de que debía dejar atrás su vida (una vida licenciosa y fútil, según el anciano) y transformarse en una persona sencilla, en un campesino. En vez de dirigirse a la civilización y proclamar su increíble suerte, el entonces joven inglés se había dejado crecer la barba y dirigido a pie hasta Argentina y, después de algunos años, a Chile, para establecerse en el sur como campesino.

Brown se interrumpió durante un momento y dejó que sus cejas espesas se juntaran vigilando el camino. Luego prosiguió:

–Según mi padre, el viejo era un mentiroso. Lo más probable es que hubiera tomado todo el asunto de la prensa, del caso de un impostor... Pero lo interesante era la idea de su historia –continuó Brown–: que, dadas las circunstancias propicias, alguien pudiera decidir cambiar de vida, empezar de cero, y creer que eso iba a servir de algo.

–¿Y le parece que el caso de Montenegro se parece al del viejo? –dijo él.

–En cierta medida, sí.

Pedro asintió. Le pareció que aquello tenía un trasfondo más o menos evidente: Brown no se refería a Montenegro, sino a sí mismo. De un modo más radical que Montenegro, pensó, había cortado con todo, se había dejado tragar por el desierto o por algo en él, y todo el resto había dejado de interesarlo. Pero tenía al mismo tiempo la viva impresión, como ocurría siempre, de que por debajo de ese nivel ostensible, Brown estaba intentando comunicarle otra cosa. Algo que no se dejaba dilucidar tan fácilmente, pensó, y que en algún momento podía llegar a resultarle crucial comprender.

El Oasis apareció de pronto detrás de una de las colinas. Se reducía a unas cuantas construcciones heterogéneas, erigidas con materiales de desecho, con plástico en las ventanas, dispuestas frente a una fila de arbustos de ramas nudosas y algunos aromos raquíticos que proyectaban largas sombras en el descampado. El camino atravesaba por el medio formando una calle de unos treinta metros de largo. Al final se veía una docena de camiones desmantelados y una gran extensión de chatarra desperdigada por el desierto. Brown descendió despacio por una curva que rodeaba un enorme estanque metálico enterrado como una piscina. En el fondo se alcanzaba a distinguir un charco de agua empozada color esmeralda y manchas de musgo seco que colgaban de las paredes.

Brown estacionó la camioneta en medio de la calle agrietada.

–Ése es el camión de Manríquez –dijo Brown, indicando hacia el más cercano, que parecía mantenerse a duras penas en equilibrio. Bajo una gruesa capa de polvo, se adivinaba un camuflaje militar.

–No tiene patente –notó él, sin poder dejar de decirlo en voz alta.

–No la necesita mientras no salga a la carretera.

Recorrieron el lugar, que parecía abandonado. Más allá del final de la calle, entre la chatarra, descubrió un perro que dormitaba amarrado a una rueda de tractor.

–Amigo –gritó de pronto Brown a sus espaldas. Lo vio desaparecer por el hueco entre dos construcciones. Él las rodeó por fuera y vio a un viejo que estaba lavando ropa bajo un cobertizo de lata. El viejo apoyó sus manos retorcidas en el borde de la batea y recibió a Brown con una sonrisa y repetidas inclinaciones de cabeza. Llevaba un pañuelo alrededor del cuello y una gruesa camiseta arremangada hasta los codos, con manchas secas de sudor que le formaban anillos concéntricos en los sobacos. Tenía que agacharse levemente, hundiendo la cabeza, para no golpearse contra el techo del cobertizo.

Brown indicó hacia él y el anciano lo saludó con una mano jabonosa. Él devolvió el saludo, pero, en vez de aproximarse, se alejó por el camino. Pasó junto al perro y continuó siguiendo una cañería que cruzaba desde las casas y se extendía a ras de suelo entre aquel caos de parachoques, radiadores, resortes, tubos de escape, motores, carrocerías y fragmentos de metal, todos exactamente del mismo tono de óxido. Notó que la tierra estaba empapada bajo las junturas de los tubos. El viejo dejó oír de pronto una sonora carcajada y él vio que Brown se había sentado cerca del cobertizo en lo que parecía un asiento de auto. Dejó atrás un camión que yacía con la cabina semienterrada en el terreno, como si lo hubieran arrojado desde lo alto. Vio que alguien había encendido una fogata en el camino y que el viento había formado un reguero negro con las cenizas.

La cañería iba a dar a un pozo sin brocal. Se inclinó para mirar su reflejo en la superficie negra del agua, que llegaba a poco más de un metro del suelo y era atravesada por un grueso tablón de pino. Se quitó la camiseta y los pantalones. Se sentó en la madera musgosa, hundiendo las piernas hasta la altura de las rodillas. Bebió un poco en el cuenco de la mano y el agua le dejó un regusto metálico en la boca. Se quedó un rato inmóvil, con las manos aferradas al tablón bajo los muslos y todo el cuerpo contraído, tratando de acostumbrarse al frío que le atenazaba los pies. Se arrojó al agua. Agitó los brazos un instante, conteniendo la respiración, y se sumergió dejando que la superficie se cerrara despacio sobre su cabeza. Al emerger escuchó el rumor del viento, que parecía ahuecado y amplificado en el agujero. Consiguió flotar hasta una posición horizontal, apoyando los pies contra la áspera pared y aferrando el tablón con una mano, y se quedó tendido mirando aquel círculo de cielo muy azul con los brazos extendidos. Después de unos minutos, una vez que se hubo aquietado, notó que el nivel del agua oscilaba tenuemente, sumergiendo a intervalos regulares el tablón. Se dijo que aquello se debía al empuje de las napas subterráneas, aunque producía el efecto, pensó, de que un corazón estuviera latiendo muy lento en las profundidades.

Agua Santa no era más que una vieja casa de madera de dos pisos, un estanque de agua y una hilera de barracas despedazadas paralela a la línea del tren. Las construcciones habían sido erigidas a mucha distancia unas de otras, ocupando un amplio radio de desierto, como si constituyeran la avanzada de un proyecto que había quedado a medio terminar. Frente a la casa, donde las vías se ramificaban en un abanico de ramales cortos manchados de aceite, descansaba un solitario vagón cisterna, con la palabra ALJIBE escrita con grandes letras cuadradas en su flanco curvo. Más allá del vagón, se veían dos arcos de fútbol, uno de los cuales tenía un largo pedazo de lona amarrado al travesaño, y una ruma de durmientes apilados con la forma de un auto cerca de lo que debía ser la mitad de la cancha. Brown atravesó lentamente una vasta explanada de tierra que separaba las vías (y la casa) de las barracas y se detuvo cerca del vagón. Llamó en voz alta en dirección a la casa y se quedaron en silencio, atentos, escuchando el lento quejido de la manga del estanque empujada por el viento. Brown hizo sonar la bocina. Enseguida atravesó los rieles y subió al pórtico, que se elevaba casi un metro por encima del terreno y en otro tiempo debía haber sido el andén. Se asomó a las ventanas y golpeó una puerta, pero nadie respondió.

Él atravesó la explanada cerca de uno de los arcos, en dirección al extremo sur, donde las barracas desmanteladas parecían los restos de un naufragio. Las que quedaban en pie se separaban del bloque continuo formado por el resto, aunque seguían la misma línea, enfrentando la estación. Llegó hasta un arbusto bajo que había sido decorado como un árbol de Navidad: de las ramas colgaban guirnaldas de papel, latas de pescado, cajas de leche y jugo desteñidas, y pedazos de trapo. Había crecido a la sombra de las barracas, en la tierra humedecida por una bomba de agua manual. Sumergió las manos en un enorme tambor cortado bajo la bomba y le sorprendió que el agua estuviera fría. Probó un poco, pero era muy salada y la escupió.

Cerca de la bomba se alzaba un pequeño atril de madera, dispuesto frente a una triple hilera de bancos sin barnizar y una cruz que pendía del alero sostenida por una cadena. Se sentó en uno de los bancos. Tragó saliva con dificultad. Volvió a escupir varias veces pero no consiguió eliminar el resabio a sal de su lengua. Se esforzó por entrever algunos detalles de la casa (el pórtico elevado que corría a lo largo de la fachada, las ventanas rotas del segundo piso, la inclinación deformada del techo) que se había transformado en un gran rectángulo uniforme que empezaba a confundirse con las sombras del fondo. El sol se había ocultado media hora antes y la luz se desvanecía en las cosas a medida que trataba de enfocarlas.

Brown lo llamó. Se puso de pie y se dirigió hacia la casa.

—Encontré la puerta —dijo Brown.

Lo siguió por un pasillo techado hasta una edificación baja separada de la casa que debía haber sido la sala de espera. A través de un agujero que abarcaba el techo y una parte no despreciable de los muros de adobe, se veía el cielo del crepúsculo surcado por unas nubes muy altas de un rosa pálido. Un banco liso y curvo de madera, que se había mantenido intacto pese al deterioro del resto del recinto, describía una amplia U adosado a las paredes. Por algún motivo, el viento era muy intenso en ese lugar y parecía atravesarlo en todas direcciones al mismo tiempo. La puerta yacía en el piso, en un hueco despejado de escombros. Había sido forrada con cartón y amarrada con un grueso cordel de nylon. Brown rompió el cartón en una esquina. Enseguida la levantaron y la sacaron a la explanada para apoyarla contra la camioneta.

Habían completado la operación cuando se abrió la puerta de la casa y un hombre salió al pórtico sosteniendo un revólver.

–¿Núñez? –preguntó Brown.

El hombre se acercó hasta el borde del pórtico. Se apoyó en una pierna y luego en otra, de modo que las tablas crujieron bajo su peso.

–¿Sí? –dijo.

–Soy Jorge Brown.

–Lo esperábamos ayer.

Núñez bajó el arma y su silueta rodeó con el brazo una de las vigas que sostenían el techo.

–Veo que ya encontraron la puerta –dijo.

–¿Le molesta si acampamos aquí? –inquirió Brown.

–No tienen para qué… Pueden dormir arriba sin ningún problema.

–¿Está habitable?

–Hasta donde yo sé… –contestó Núñez, indeciso, retrocediendo hacia la puerta–. Pero, por favor –agregó–, pasen a la oficina.

Subieron al andén y lo siguieron a una habitación estrecha y oscura, que olía a encierro.

–Perdonen el desorden –dijo Núñez.

Se sentó detrás de un escritorio que, junto a un piano vertical adosado a un rincón junto a la puerta, ocupaba la mayor parte del espacio. Encendió una pequeña lámpara y entrecerró los ojos cerca de la pantalla de papel. Vieron que una intrincada maraña de cicatrices, de todas formas y tamaños, le cubría el rostro. Las marcas no habían dejado ningún sitio sin tocar: los labios, los párpados, las orejas. Incluso se adivinaban bajo el bigote, que era negro y frondoso y parecía falso.

–Asiento –dijo.

Se acomodaron en dos sillas en el estrecho hueco ante el escritorio. Núñez dejó el arma en un cajón. Reparó en una planilla que tenía frente a sí y la estudió con actitud absorta durante un momento, como si lo que fuera que contenía no pudiera esperar. Recogió un lápiz y corrigió una anotación. Después la colgó de un clavo en la pared junto a una gran foto enmarcada donde se veía una locomotora de vapor y un grupo de hombres vestidos de etiqueta que sonreían a la cámara, cegados por el sol.

Brown lo presentó. Núñez les dirigió una sonrisa vacilante que dejó a la vista buena parte de sus encías. No parecía tener más de treinta años. Era moreno y muy delgado. Tenía unos enormes ojos negros cuyas pupilas parecían sin fondo. Su aliento olía a vino desde el otro lado del escritorio. Lo habían despertado y parecía no haberse recuperado por completo de la borrachera con que se había ido a dormir.

–Usted es el remplazante de Salinas, ¿no? –dijo Brown.

–Así es.

–¿Cuánto tiempo lleva aquí?

–Van a ser seis meses.

–¿Qué le parece el trabajo?

–La verdad es que no hay mucho –repuso Núñez; las cicatrices daban la impresión de desplazarse por su rostro a medida que hablaba–. Pero a partir de marzo se supone que se va a empezar a mover la cosa. Van a remodelar la estación.

–¿Vive solo aquí? –inquirió Brown.

–Solo. Dejé a mi familia en Diego de Almagro –apretó la argolla dorada de su mano izquierda, sin mirarla, y la hizo girar alrededor de su dedo–. Mi mujer también es empleada de Ferrocarriles, trabaja en Personal. Sólo la veo con mi hijo cada dos fines de semana. A veces cada más tiempo, si fallan los relevos…

–Pero también están los obreros, ¿no? –dijo Brown.

–Sí, claro.

–¿Cuántos hay viviendo acá?

–Varía –contestó Núñez–. Van y vienen todo el tiempo. Pero todas las barracas de allá están ocupadas.

Señaló con el pulgar hacia el norte.

–¿Araneda sigue por estos lados?

–Sí, pero ahora no está.

Brown asintió, pensativo. Él sacó sus cigarrillos y le ofreció uno a Núñez. A la luz del encendedor, las cicatrices relumbraron de un modo extraño, como si un líquido aceitoso le hubiera salpicado el rostro. Aspiró el humo con fruición y lo arrojó hacia lo alto del cuarto que se perdía en la oscuridad más allá del alcance de la lámpara. Él levantó la mirada y le dio la impresión de encontrarse en un ataúd puesto de pie.

—¿Y usted, ve muy seguido al viejo Salinas? —preguntó Núñez.

—Más o menos —respondió Brown con aire distraído—. Le mandó saludos la última vez que lo vi.

—Vive en Iquique, ¿no?

—Gozando de su pensión —repuso Brown, lo que hizo que Núñez enseñara otra vez sus encías—. Veo que dejó el piano.

—Dijo que se lo iba a llevar más adelante.

Con el cigarrillo entre los labios, Núñez le dio un tirón al anillo. Consiguió desprenderlo de su dedo y lo hizo girar sobre el escritorio.

—¿De dónde viene la puerta? —preguntó, mirando concentradamente el anillo, transfigurado en una pálida esfera dorada a la luz de la lámpara.

—No sé. La consiguió Salinas.

—No será nada turbio, ¿no?

—No —dijo Brown.

Núñez aplastó el anillo con la palma de su mano y luego volvió a darle impulso. Se tocó con el pulgar una de las cicatrices de la barbilla. Dijo:

—Si quiere me puede dejar a mí la plata.

—¿Qué plata?

—Por la puerta.

—Salinas no me dijo nada de plata —declaró Brown, alzando la voz de un modo que retumbó en la estrecha oficina—. Se supone que es un regalo.

—Ah… —dijo Núñez, con un gesto teatral de comprensión—. Voy a tener que hablarlo con él entonces.

—Lo que usted diga —señaló Brown, de un modo amenazador.

Núñez se puso de pie y les indicó con un gesto que lo esperaran. Se deslizó por encima del escritorio y descorrió una pesada cortina. Regresó después de un momento trayendo tres vasos verdes equilibrados en una mano y una caja de vino.

—Para el frío —dijo.

Alineó los vasos sobre el escritorio y vertió el vino con cuidado, en un solo nivel. Les entregó uno a cada uno. Volvió a ocupar su sitio detrás del escritorio y se bebió el suyo de un trago. Se sirvió más.

—Salud —dijo.

—Si quiere lo podemos llamar ahora mismo —propuso Brown.

—¿A quién?

—A Salinas, para aclarar lo de la plata.

—¿Sabe el número?

—Lo tengo en la camioneta.

Núñez se quedó perfectamente inmóvil por un instante, antes de reaccionar:

—No se preocupe, no es necesario.

—¿Todavía funciona? —inquirió Brown, señalando algo en el piso entre su silla y la cortina.

—Está malo —dijo Núñez—. Se echó a perder el mes pasado... Se supone que lo van a venir a arreglar en estos días.

En la escasa luz, él alcanzó a distinguir algo que parecía una caja negra con una manivela metálica en un costado. Un teléfono, pensó. Apoyada contra la pared, se veía una larga varilla oxidada que terminaba en un gancho con la que se colgaban a los cables.

—La puerta me da exactamente lo mismo... —dijo Brown—. Puedo venir a buscarla más adelante o hacer que me la manden a Iquique.

—No se preocupe.

—No le debo nada a nadie —insistió Brown, sin ocultar su fastidio.

—No se hable más del asunto —concluyó Núñez, extendiendo los brazos en un gesto magnánimo.

Rellenó los vasos y elevó el suyo en un ademán de brindis. De pronto parecía muy borracho, como si el alcohol en sus venas se hubiera encontrado mientras dormía justo por debajo de un nivel de saturación.

—¿Sigue con lo de la mina? —preguntó.

—Preferiría no hablar de eso tampoco —repuso Brown secamente.

—Ningún problema.

Descubrió el anillo sobre el escritorio y fijó en él la vista como si le sorprendiera encontrarlo allí. Luego se lo volvió a encajar en el dedo.

—¿Sabe una cosa? —dijo, arrastrando las consonantes—. Hace como tres meses llegaron unos jóvenes preguntando por usted.

—¿En serio?

—Venían de Santiago, en auto. Estuvieron como dos días esperándolo y después se fueron —Núñez se interrumpió para reflexionar sobre aquello—. Dijeron que venían a buscar trabajo —prosiguió—, que alguien les había dado su nombre. Me preguntaron dónde podían encontrarlo y no les dije porque no sabía...

—Es mejor dejarlo así —decidió Brown.

—¿Cómo?

–No quiero que me mande a nadie.

Brown depositó su vaso en el borde del escritorio. Luego se levantó y salió al pórtico. Lo escucharon alejarse unos pasos por las tablas y luego saltar a tierra.

–¿Hay algún problema? –preguntó Núñez.

Él negó con un gesto. Pensó en preguntarle a Núñez a qué se refería con lo de la mina, pero desistió.

–¿Qué hace usted? –interrogó en cambio.

–Soy encargado de tráfico –contestó Núñez, señalando un papel escrito a máquina que colgaba encima del piano, ilegible a la magra luz de la lámpara–. Controlo el paso de los trenes. Tengo que anotar la hora, el destino, la carga de cada tren... –señaló hacia la planilla–. Se lleva una hoja por semana.

Terminó el contenido de su vaso y su rostro se contrajo en una mueca. Lo inclinó mucho para que una última gota fuera a dar a sus labios.

–¿Más vinito? –ofreció.

–No, gracias –respondió él. Recalcó su negativa con su mano y comprendió, un segundo después, que tanto el tono de su voz como su gesto pertenecían a Brown. Se preguntó en qué momento había comenzado a imitarlo y no lo pudo precisar con certeza.

–¿Quiere ver una cosa? –le preguntó Núñez.

Abrió el cajón del escritorio donde había dejado el revólver. Estudió el interior a través de una ranura y enseguida cambió de idea y volvió a empujarlo.

–Olvídese –dijo, negando con un gesto brusco–. No importa.

Pareció confundido durante un momento. Se sirvió una nueva dosis de vino y luego agregó:

–En los viejos tiempos los trenes traían pasajeros, no sólo carga. Y el tráfico de carga también ha disminuido mucho, ya se han levantado todos los ramales... El problema clave de toda esta huevada es el trazado –dijo Núñez, señalando con su vaso en una dirección indefinida–. Cuando se tendió la línea les pagaron a los constructores por kilómetro de riel, no por la distancia total. Ahí estuvo el error. El gran error... Porque los hijos de puta tiraron la línea con unas tremendas curvas para ocupar el máximo posible de materiales. Por aquí va más o menos derecha, pero hay algunas partes a la altura de Vallenar y más al sur donde hace unas vueltas largas y cerradas –trazó un amplio zigzag en el aire con su mano libre–. Y el terreno es igual de plano que acá. Incluso se cuenta que en otros tiempos los pasajeros saltaban de los trenes en marcha y se iban a pie. Se descolgaban en las curvas, con escopetas para cazar perdices o conejos, y se iban caminando para pillar el tren en la vuelta siguiente...

Él se llevó un nuevo cigarrillo a la comisura de los labios.

–¿Me convida otro? –preguntó Núñez.

Le tendió el paquete y sacó uno dirigiendo sus flacos dedos con dificultad, como si fueran de un robot.

–¿Tiene fuego? –dijo en cuanto lo consiguió.

Aspiró el humo con evidente placer, hundiendo las mejillas todo lo que era capaz. Se acarició una de las cicatrices de la frente.

–¿Sabe cómo me los hice? –dijo, exhalando una columna casi transparente de humo hacia el techo y mirándolo fijamente con sus ojos de muerto.

–¿Qué cosa? –preguntó él, esforzándose por apartar la vista de las cicatrices. Sabía exactamente a qué se refería, pero no tenía el menor deseo de escucharlo. No en ese momento.

–Los cortes.

–¿Cómo?

–Mejor nos lo cuenta mañana –interrumpió Brown desde el umbral. Los bolsos y sacos de dormir colgaban de una de sus manos y en la otra sostenía la escopeta, apuntando con el cañón hacia el interior de la oficina.

–Pasé corriendo a través de un ventanal –dijo Núñez como si no lo hubiera oído–. En la casa de mis padres, en Copiapó...

Brown dejó caer parte de los bultos y se interpuso en su línea de visión. Dijo, con un tono paternal pero firme:

–Estamos cansados y nos queremos ir a acostar.

–Por supuesto –repuso Núñez, incorporándose. Reparó en la escopeta y preguntó–: ¿Y eso?

–Por si hay ladrones –dijo Brown, apuntando al techo.

Núñez sacó una linterna del mismo cajón y los condujo tambaleándose (pero con un aspecto mucho más sobrio que un minuto antes, pensó él) a través de la cortina y entre cajas de cartón aplastadas y balones de gas, a lo largo de un pasillo que estaba obstruido por una tabla de planchar.

–En el piso de arriba no hay luz –informó, iluminando la tabla–. Cuando me vine a vivir aquí, lo primero que me dijeron fue que no diera por nada los tapones de arriba. Todas las conexiones están podridas –dirigió el rayo hacia el cielorraso, que parecía muy lejano–. Se corre el peligro de un incendio.

Apoyó la tabla contra el muro y esperó para ver si volvía a desplomarse. Luego subieron una empinada escalera de dos tramos hasta un enorme salón vacío que daba la impresión de ocupar todo el segundo piso de la casa.

—No anden por ahí de noche —dijo Núñez—. Los tablones ceden.

Lo siguieron pegados al muro de la izquierda hasta un cuarto estrecho y sin ventanas, donde aún hacía calor. Él alcanzó a distinguir montículos de basura contra los guardapolvos; la linterna iluminó fugazmente un pedazo de manguera, un par de tarros de pintura, una llanta de bicicleta destrozada, calcetines, la pantalla de una lámpara. Núñez enmarcó en la luz un par de colchones polvorientos doblados en dos como sillas de playa, apoyados contra la pared de un rincón.

—Si necesitan algo, pueden gritar por la caja de escala —dijo, iluminando su propio rostro mutilado y sonriendo de un modo espectral.

Despertó en medio de la noche. Se dio vuelta en el saco intentando no hacer ruido. Sentía la espalda rígida y adolorida contra las tablas y tenía sed. Se tendió de espaldas y luego contra un costado, abrazándose las rodillas, pero eso no lo hizo sentir mejor. Se quedó un rato escuchando la respiración regular de Brown en la oscuridad, con la mente vacía. Luego se incorporó. Se puso los pantalones y bordeó el salón, sin poder evitar que los tablones crujieran de un modo alarmante, y se sentó en la cima de la escalera. Encendió un cigarrillo. Arrojó el humo hacia el vidrio de una ventana y observó cómo se aplastaba y ascendía por el cristal sucio. Se quedó contemplando el tenue resplandor de la brasa y la vasta extensión fosforescente de la llanura atravesada por la silueta de la torre de agua, apretando los dedos de los pies contra las afiladas vetas de la madera.

Pensó que lo que Brown había dicho, que la puerta no le interesaba, bien podía ser verdad de manera literal. Lo invadía otra vez la sospecha de que no era la puerta el verdadero objetivo de ese viaje, sino otra cosa, algo que se relacionaba con la decisión de haberlo traído a él consigo. Y le pareció que el hecho de que él lo presintiera estaba también comprendido en los propósitos de Brown. Trató de fijar el momento en que había comenzado a imitar sus gestos, su modo de hablar. Se preguntó si los carpinteros habrían sido capaces de notarlo. Aquello, se dijo, era casi inseparable del esfuerzo de observarlo todo el tiempo, con absoluta concentración, y resultaba en cierta forma inevitable. Y a medida que eso desfilaba por su mente, se dijo que era probable que Brown lo expresara en términos similares, le parecía casi escuchar su voz. Algo que probablemente se desvanecería en cuanto regresara a la ciudad, en cuanto abandonara su compañía. Aunque tal vez significara, pensó, la puesta en marcha de una decisión de mayor alcance, aunque inconsciente hasta ese momento: que en cierta medida intentaba modelarse a sí mismo según Brown. Eso era también posible, pensó. Aunque no estaba seguro de que aquél fuera un ejemplo que quisiera imitar.

Arrojó la colilla y observó cómo la brasa se desintegraba en el descanso de la escalera en una explosión de puntos naranjas. Prendió otro cigarrillo y se tendió de espaldas en el entablado, cruzando las manos detrás de la cabeza, dejando que el humo ascendiera en la oscuridad por su propio impulso.

Después de un largo rato se puso de pie y bajó la escalera. Continuó a tientas en la cerrada tiniebla hacia el frente de la casa. Tocó, a su derecha, la tabla. Continuó, esforzándose por no hacer ruido, guiado por una línea de claridad filtrada por la cortina. En la oficina, se sentó en el lugar de Núñez y encendió la lámpara. Esperó, atento al silencio atravesado por el suave rumor del viento y lo que parecían pasos de ratas en las vigas del cielorraso.

Notó que Núñez había dejado entreabierto el cajón del escritorio. Contenía un desorden de papeles aplastado con el revólver. Lo levantó con precaución, tomándole el peso con una y otra mano. Era pequeño y plateado, con una empuñadura redonda de madera pulimentada por el uso. Hizo girar el barril, que dejó oír un leve tictac, entreviendo el resplandor dorado de las balas. Apuntó con las dos manos hacia la pared de enfrente, cerrando un ojo, hacia el sitio que había ocupado Brown, y chasqueó los labios para imitar un disparo. Lo dejó sobre el escritorio. Entre los papeles, descubrió un pequeño cuaderno de tapas azules, exactamente igual al que había encontrado en la bodega en Pisagua, y casi no le sorprendió que estuviera escrito con la letra de Brown. Aquello era lo que Núñez había querido mostrarle, pensó. Pero no pudo imaginar para qué o qué lo había llevado a cambiar de opinión. No era demasiado relevante, se dijo.

Al igual que el otro, parecía un diario de viaje. Tampoco tenía fechas. Le habían arrancado la mayor parte de las páginas, las restantes estaban llenas hasta los márgenes de aquella escritura apretada y regular, sin borrones. Guardó el revólver. Dudó un instante y luego volvió a abrir el cuaderno.

Otra vez aquí.

Salinas no está. Al parecer se demoró en Iquique por un tratamiento médico, pero debería volver esta noche o mañana. No hay nadie remplazándolo y no parece que importe mucho. Escribo estas notas en su escritorio... Me gustaría confiarle mis planes. Pero no es posible. Mi socio debe ser el primero en enterarse y sólo en el último momento, cuando ya no haya vuelta atrás... No puedo quedarme aquí mucho tiempo; a lo más un par de días. Me pregunto si Rojas ya sabrá dónde estoy. Al llegar esta mañana, me crucé con una cuadrilla de obreros cerca de los ramales del lado norte y me saludaron desde lejos: todos potenciales espías de Rojas, pensé. Pero ya no hay nada que pueda hacer, ya he superado su rango de acción. Y no tiene la menor idea de lo que le espera... Por otra parte, tal vez sea mejor no ir de inmediato a Taltal. No hay que dejar cabos sueltos: que no sospeche nada hasta que la venta ya sea un hecho consumado.

Hace un rato un grupo de obreros me salió al paso para preguntar por la mina. Caras desconocidas. No me tomó mucho tiempo darme cuenta de que no sabían mucho al respecto. Les repetí lo de siempre: que vayan al campamento o hablen con alguien que haya estado por allá, que no soy yo, sino mi socio quien se encarga de las contrataciones, de la lista de espera... He llegado a acostumbrarme a la expectación, al asombro casi teatral que despierta el proyecto. En otros tiempos, al comienzo, me dedicaba a anticipar el instante de revelación, cuando los semblantes, recubiertos hasta entonces de una fría dignidad profesional, titubeaban de pronto ante la evidencia del milagro. Debí acostumbrarme también, aunque con mayor dificultad, a la admiración histérica que provocaba y que sigue provocando. Llegué a comprender que debía necesariamente concentrarse de un modo personal. La gente necesita, como si se tratara de un crimen o un acto heroico, de un responsable; reconocer el mero azar en su punto de origen amenazaría con menoscabarlo en alguna medida, con privarlo de un componente esencial... La maravilla, el asombro, en el cual se puede adivinar ya el material de futuras leyendas, no me ha afectado nunca más allá de las apariencias. Para mí lo extraordinario del proyecto es menos extraño, menos improbable que el hecho de que se relacione de alguna forma conmigo.

Dos horas revisando y organizando los papeles. Creo que todo está en orden. Si todo funciona con la misma facilidad que los trámites de la concesión, la venta debería estar finiquitada la próxima semana.

Los alrededores de una vieja mina de oro, en las afueras de un distrito de minas abandonadas. Nada inusual, pensé en su momento. Otra historia más...

Un pequeño valle surcado de vetas de oro, explotado por minerales de fundición durante la época de auge del salitre, después de que la zona pasara a poder de Chile. En un plazo de veinte años, agotamiento de la capa de lixiviación aurífera y abandono casi simultáneo de todas las minas, alrededor de 1905. Desde entonces, explotación esporádica de las capas de enriquecimiento, generalmente por pirquineros... Una veta en rosario de 400 metros de largo y 150 de hondo, orientada en rumbo 45 grados noreste, en un cruce de fracturas, pero a una profundidad inusual, imposible. Un hundimiento no reflejado en la superficie, impredecible aun para la lógica ya excepcional que rige las vetas. Una anomalía de la naturaleza, pero plenamente justificada en lo geológico... La misma roca de caja del resto de la zona: volcanita. La misma composición de la zona oxidada-enriquecida: mineralización de oro en escamas, dendritas y venillas; minerales de mena subordinados: cuarzo, calcopirita, baritrina, calcita, hematita, ópalo, óxido de cobre, y cloruros y sulfuros de cobre, plomo, plata y sodio. En torno a las vetas, el mismo halo de silificación con oro diseminado, aunque sin bolsones. Un estrato estéril de óxido de cobre y limonita. Bajo éste, el estrato cuprífero de sulfuros secundarios y la mineralización hipogénea... Una mina relativamente alejada del sistema principal de vetas; el descubrimiento de H. llevado a cabo al final de uno de los túneles horizontales que seguían el curso de las fallas. Un lugar casi inaccesible debido a la falta de ventilación y al peligro de derrumbes... Durante la bonanza del distrito aurífero, leyes de 20 a 30 gramos por tonelada, llegándose en algunos casos a 50; incorporar primeros muestreos superficiales...

Aspecto legal. Concesión de exploración de la compañía cuprífera canadiense: cuatro mil hectáreas, incluyendo inadvertidamente el sitio del proyecto. Espera. De acuerdo a mi socio, no resulta inusual manifestar algunas de esas minas abandonadas para la explotación artesanal o semiartesanal de los recursos cupríferos. La mayoría de los pirquineros elude ese tipo de labor por los peligros y el esfuerzo considerable que demanda, además de cierta reticencia supersticiosa a las viejas minas abandonadas, pero no faltan cada cierto tiempo algunos dispuestos a hacerlo. Supongo que mi ostensible inexperiencia en todo lo relacionado con la tramitación de las concesiones ha jugado a nuestro favor. Mi socio no lo ha dicho con esas palabras, pero sospecho que nadie ha podido tomarme demasiado en serio... Primero la conformación de la sociedad en Antofagasta, la personalidad jurídica, etcétera. Luego las operaciones de mensura, los croquis, que quedaron por completo a cargo de Rojas. Una vez prescrita la concesión anterior, presentación de los escritos en el juzgado de Taltal. Una concesión pequeña: tres hectáreas que, por la orientación U.T.M. norte-sur, dejaba casi en el borde occidental la boca de la antigua mina, el punto medio exactamente en las coordenadas señaladas por H... A partir de ese momento: análisis de la mensura, informe técnico del Servicio Nacional de Minería, dictación de sentencia, firma de los títulos, la patente, la inscripción en el Conservador de Minas y en el Rol de Concesiones Mineras, etcétera. Taltal: copias de lo que tiene Rojas.

Jueves. Salinas llegó anoche. Me despertó el silbato del tren y después sentí la descarga de materiales hacia el lado del desvío. No subió, pero debe haber visto la camioneta. Al desayuno me preguntó naturalmente por el proyecto. Le dije que tal vez me quede aquí unos días. Nada más. Anoche, a eso de las nueve, después de un par de intentos fallidos, logré hablar con el australiano. Su entusiasmo me llenó, por alguna razón, de alivio. Me convenció de que tomé la decisión correcta al elegirlo. Negociamos en forma tentativa la cifra y logré subirla más o menos hasta el rango de la oferta más alta.

De un lado a otro pensando en el asunto, en lo que aún queda por resolver. Curiosamente, las ideas se ordenan como si estuviera escribiendo. Almuerzo con el viejo.

Socio: de pronto tengo la impresión de que estas anotaciones van dirigidas a usted, como una carta, aunque nunca llegará a leerlas. Supongo que hay cierto tipo de observaciones que no pueden realizarse en vilo, de modo neutral, sino que necesitamos, aunque de manera ilusoria, un interlocutor. Eso me ha ocurrido con usted en más de una ocasión. He llegado a sorprenderme en medio de mis recorridos por el desierto, llevando a cabo conversaciones imaginarias que lo tenían a usted como contrapartida, gran parte de mis pensamientos sobre el proyecto se ha desarrollado teniendo en cuenta su oposición y réplica. Y lo mismo ocurre, aunque con obvias diferencias, ahora...

En primer lugar, quiero que sepa que, en lo fundamental, no he cambiado de opinión respecto a usted ni me arrepiento en absoluto de mi decisión de incorporarlo al proyecto. Por su parte, creo que, desde el comienzo, usted no ha hecho sino arrepentirse de todo, de cada detalle, comenzando por haber aceptado de plano mi propuesta inicial: un magro porcentaje a cambio, en primer lugar, de su discreción y, principalmente, de suplir y compensar mi ignorancia en todo lo relacionado con la explotación minera. Una ignorancia, por lo demás, insondable. No sé si usted tenía conciencia de hasta qué punto todo iba a quedar depositado sobre sus hombros, que debería llevar a cabo la mina casi por sus propios medios, erigirla, como suele decirse, de la nada. Pero se adaptó a ello de inmediato. Debo reconocer que la descomunal energía con que se consagró a desempeñar su papel me tomó, al menos en un principio, por así decirlo, a contramano. Que en un plazo de días usted asumiera el control de todos los aspectos del proyecto (con la excepción de lo legal), que al cabo de unas semanas diera la impresión de que todo aquello hubiera surgido de su propia iniciativa o que, por lo menos, le correspondiera en algún nivel secreto por derecho propio. Su contratación, considerando que apenas lo conocía, me sigue pareciendo afortunada. Y creo que su cambio (que usted no debe haber experimentado en absoluto como tal), que siguió su curso, aunque soterradamente, ya desde el principio, también formaba parte de mis planes. Había casi contado con ello: que la estructura nominal de nuestro acuerdo terminara en algún momento por resquebrajarse, que usted llegara a sentirse, en virtud de su control absoluto, en cierto sentido, dueño del proyecto. Y no lo culpo. Creo que en alguna medida nuestro arreglo, lo asimétrico de nuestros aportes, lo exigía. Me resulta difícil establecer los puntos de transición, el momento exacto en que me pareció adivinar sus primeros signos de incredulidad no sólo ante la evidencia de que fuera yo, un neófito hasta niveles alarmantes, el detentador de todo aquello, sino ante el mismo concepto inescrutable de la posesión.

Debo reconocer también que, sin su aporte, no hubiera podido hablarse en estricto rigor de un proyecto. No tanto por sus vastos conocimientos, como por el entusiasmo y energía casi desconcertantes que desplegó usted desde el primer momento. Si en alguna medida lamento el curso que van a tomar los hechos no se debe tanto al campamento y a la fase más activa del proyecto (desligarme de todo eso me llena, debo reconocerlo, de alivio), sino a la primera fase, a la oficina compartida durante casi dos años, sin que, tengo que decirlo, nada más nos conectara. En las últimas semanas, me he sorprendido más de una vez considerando el proyecto de manera nostálgica, como si no siguiera su curso en este mismo instante. Me sorprendo pensando en la gran sala blanca de Taltal, en las paredes cubiertas de mapas geológicos, diagramas transversales, croquis, perfiles mineralógicos, fotos del desierto ampliadas hasta estallar en grandes composiciones abstractas... No deja de sorprenderme hasta qué punto usted tenía claro el curso que iban a tomar las cosas a partir de entonces, mientras a mí nada me permitía adivinarlo. Recuerdo la atmósfera casi eufórica que se vivía en la oficina y en la que, aunque en todo ajena a mi carácter, me dejé sumir al menos durante los primeros meses. Gracias a usted, el lenguaje minero que me había rodeado a lo largo de esos años y en el que había aprendido a desenvolverme simplemente reflejándolo ante sus detentadores naturales, como una trabajosa llave que me abría las puertas de su hospitalidad, de su confianza, comenzaba de pronto a aproximarse, aunque sin tocarla aún, aun-

que todavía desde el interior de ese lenguaje, a la realidad representada por el proyecto.

Creo que lo que he llegado a llamar (a falta de otro término más exacto) su cambio, sólo llegó a operarse una vez iniciados los pasos legales y montado el campamento, una vez que dimos inicio a la llamada fase definitiva del proyecto. En medio de la atmósfera expectante del campamento (la imprevista marea de mineros, pirquineros, obreros de Ferrocarriles, carpinteros, mecánicos, barreteros, albañiles, etcétera; los rumores; la contratación provisional de la gente, en su mayor parte para labores inútiles, descargando y organizando materiales, trasladándolos de un lado a otro del desierto, tan sólo para mantenerla ocupada durante la espera), venía a manifestarse, catalizado por la presencia de los otros, algo que había estado latente durante nuestra colaboración en solitario. La brusquedad de la transformación me hizo dudar de hasta qué punto era usted consciente de su propia estrategia: forzar progresivamente los límites de nuestro acuerdo hasta que cedieran en algún punto. Me daba la impresión de que creía que yo no lo notaba, de que había llegado a proyectar mi inoperancia en el ámbito de la minería a una estulticia general. Y me parece que los obreros comenzaban también a percibir la tensión. Una tensión que no tocaba aún lo personal (que nunca lo ha tocado, en realidad), producto simplemente del descalce entre la estructura formal de nuestro arreglo y aquella que se desarrollaba en la práctica... Usted recordará lo de la fecha del inicio de las obras, la discusión enfrente de los capataces, como un momento decisivo. Pero yo creo que aquello se había venido acumulando largamente, desde el origen: el desequilibrio que constituía, por así decirlo, la falla estructural de nuestro acuerdo. En contra de lo que usted pueda pensar, no consideré haber impuesto de ese modo mi criterio como una victoria. Todo lo contrario: ese incidente me pareció, ya desde entonces, aunque de un modo todavía vago, como el principio del fin.

Usted recordará el momento en que, como si se hubieran puesto todos de acuerdo, comenzaron a llegar las ofertas de compra. Recordará también las cifras...

No, la gratitud no jugó ningún papel en ello. Lo empujaba una urgencia vuelta por completo hacia sí misma. La necesidad de que su hallazgo no se perdiera, el deseo imperioso y probablemente inconsciente de que aquello que había sido puesto en marcha no se detuviera ya, que continuara hasta el fin impulsado por la misma voluntad ciega, impersonal que lo rige todo en estos lugares, aun después de su propia muerte. Algo de lo que no he podido desprenderme yo sino con el máximo esfuerzo, empujado al límite de mis energías, sólo después de tres años de casi absoluta absorción en un proyecto que en el fondo nunca me ha pertenecido. Mi alivio no está desprovisto, claro está, de un abatimiento culpable por mi fracaso ante H. Me repito que esto no altera mucho las cosas; mi propia participación, tomando en cuenta mi grotesca inexperiencia, habría sido mínima. Aunque haya constituido, por así decirlo, el último eslabón que lo conectaba a él con el proyecto. La veta va a explotarse, a concentrar en ese sitio vacío un hervidero de actividad, a revivir, en un último espasmo de desaforada rapiña, el viejo distrito abandonado. Que sea mi propia pequeña empresa o aquella gigantesca representada por el australiano, no marca una diferencia demasiado importante. Mi sensación de fracaso se ve en parte mitigada por la idea de que H. me legó, no el proyecto en su fase concluyente (que, sospecho, aún está por comenzar), no un artefacto embrionario que debía ser llevado hasta sus últimas consecuencias, sino simplemente el proceso de echarlo a andar, el tiempo transcurrido hasta ahora.

Socio: si estas anotaciones estuvieran en verdad dirigidas a usted, por sobre todas las cosas, intentaría explicarle la razón para haberme negado a visitar, durante todos estos años, el sitio del proyecto. Pero la desconozco.

Viernes. Hablé otra vez con el australiano, todo dentro del más absoluto secreto. Ni siquiera puedo confiar de momento en Salinas. Rojas llamó por teléfono, pero no quise hablar con él. Dejó dicho que se requiere mi presencia, a más tardar mañana, en el campamento; que si no me aparezco van a dar por iniciadas las faenas la próxima semana.

Me preocupa la salud del viejo. No ha querido hablar sobre su tratamiento. Respeto su silencio en la misma proporción en que él respeta el mío en lo concerniente al proyecto. Los obreros tampoco saben gran cosa sobre él.

Rojas se queja de mis constantes ausencias, pero ambos sabemos que han restablecido, al menos temporalmente, una suerte de equilibrio de poder. Mi alejamiento significa, para él, una renuncia más o menos ostensible a toda pretensión de control. En mis idas y venidas me he mantenido siempre más o menos a la misma distancia de la mina, sin aproximarme ni alejarme demasiado, trazando un amplio arco equidistante cuyo extremo norte toca el campamento y que pasa por Agua Santa. Me he propuesto distanciar en la medida de lo posible mis visitas al campamento, que han llegado a ser sólo eso: visitas.

El lunes en la tarde llegué al campamento poco antes de las siete y volví a alejarme cerca de las once, después de una comida con Rojas en que no

*intercambiamos una sola palabra. Me alejé un par de kilómetros cargando
todo el peso de mi cuerpo sobre el acelerador y subí a la cima de una loma.
Estuve ahí un par de horas mirando las luces del campamento. Me quedé
dormido con la frente apoyada en el volante. Desperté temblando de frío.
Conduje la camioneta con las luces apagadas, mareado por el sueño, hasta
las ruinas de la Santa Catalina. Tendí mi saco y mis mantas en la caja y,
antes de volverme a dormir, tomé la decisión... Me levanté antes de la salida del sol. Preparé café y lo bebí caminando de un lado a otro por el terreno
que flanqueaba la oficina, desentumeciendo mis piernas, sorprendido de que
mi determinación no se hubiera disipado durante la noche. Preparé otra
taza de café y me dediqué a recorrer sin prisa el recinto, reuniendo fuerzas
para esa jornada que, si todo marchaba de acuerdo a lo esperado, iba a
resultar decisiva. Subí por los restos de una escalera de mármol y me dediqué
a recorrer el interior del edificio principal. El piso de la construcción estaba
compuesto de grandes bloques de losas fracturadas, como si algo las hubiera
empujado desde abajo. Los umbrales de las ventanas se habían derrumbado, creando la ilusión de columnas, a través de las cuales se transparentaba
el valle. Estuve un rato recorriendo esas ruinas, saltando de un bloque a
otro como sobre témpanos, estudiando la forma en que el viento se desviaba
en las columnas. ¿A la espera de qué? No lo sé... No sé por qué ahora esa
pausa me parece significativa. Creo que en cierta medida esperaba que algo
arrojara por la borda mi resolución de la noche anterior. Pero no fue así.
Regresé a la camioneta y me puse en camino, conduciendo despacio ladera
abajo, sin la menor inquietud. Me dirigía, me decía, por primera vez, directamente al sitio del proyecto... Atravesé la línea del tren y di un amplio
rodeo para evitar el campamento antes de enfilar hacia el este. A lo largo de
ese desvío, noté que ya no me interesaba observar el desierto. O, más bien, no
quedaba espacio en mi mente para nada que no fuera esa resolución y el
deseo de sostenerla hasta el final... En los meses anteriores, había dedicado
largas horas a mirar el desierto, conduciendo a la deriva y observando el
paisaje con toda la atención que me era posible. Durante esos recorridos,
había imaginado a veces que la superficie y los distintos estratos minerales
fueran translúcidos, que pudiera ver lo que se desplegaba debajo. Pero aun
así, aun mediante el uso de facultades sobrenaturales, pensaba, todo apare-
cería ante mis ojos, en absoluto entrenados en la materia, como un desorden
incomprensible... La gente de los alrededores, mi socio, en cambio, podían
adivinar con un cierto grado de certeza lo que se desarrollaba allí abajo o
comprender la incapacidad de adivinar nada en absoluto. Al menos podían
mirar la superficie, aunque con una imaginación desfasada, desenfocada
por la codicia, e imaginar fisuras, rajaduras, fracturas, filones, cambios de*

dirección o textura, plegamientos de la roca, distintos estratos que afloran o se hunden en las profundidades. Yo, por mi parte, no podía ver nada en absoluto...

A eso de las once, dejé atrás la llanura abierta. Atravesé una pequeña hondonada de arena arcillosa, encajonada entre dos cadenas de cerros que se iban separando hacia el este. La camioneta daba tumbos de un lado a otro y mis pertrechos, amontonados ya en completo desorden en la caja, se estrellaban con violencia contra los costados. Al salir de esa hondonada y comenzar a derivar hacia el sureste, me topé de pronto con un campamento militar. Me había adentrado hasta tal punto en mis pensamientos, que no lo sentí venir hasta el último minuto. Había un cobertizo de metal que reflejaba el sol de un modo intolerable, un camión, una hilera de tambores que supuse contenían agua, ropa tendida y un semicírculo de carpas achatadas que, pese al camuflaje, destacaban grotescamente contra el fondo del desierto. No tuve más remedio que atravesarlo. Algunos de los hombres salieron al sol desde el cobertizo. Como usted sabe, la cortesía en estos lugares remotos exige detenerse, pedir agua, intercambiar saludos o noticias, solicitar orientación, etcétera. Yo no hice nada de eso. Continué avanzando entre aquellas miradas torvas, saludando con la mano, dedicándoles una sonrisa lo más amplia posible, y proseguí mi camino.

Dejé atrás el campamento y me dirigí en línea recta hacia el este por huellas que, conforme a lo predicho por usted, se iban volviendo cada vez más irregulares y erráticas. Huellas no transitadas probablemente a lo largo de decenios. Pasado el mediodía, me adentré en el valle largo y angosto del distrito aurífero. En poco tiempo conseguí orientarme allí sin mayores problemas, adivinar la localización de las viejas minas, conseguir que aquel espectáculo desolado se ajustara a los mapas que había estudiado una y otra vez. Alguien menos atento hubiera podido pasar de largo sin ver nada allí; sólo mediante la más concentrada observación podían distinguirse, en el emplazamiento de las antiguas minas, montículos de escombros, muñones de vigas, muros de adobe arrancados de cuajo, tan bajos que parecían marcas geométricas en el polvo: las líneas del diseño de construcciones desechadas o imaginarias. Todo allí había sido derrotado por la erosión, incluso los letreros que debían indicar el peligro de los piques. Crucé con sumo cuidado entre los innumerables agujeros, algunos apenas visibles, por encima de un laberinto de túneles y galerías, casi con la impresión de que el suelo se cimbraba bajo los neumáticos...

Como podrá imaginar, no me costó el menor trabajo, después de haber dejado atrás el viejo valle aurífero, bordeando hacia el sureste sobre el faldeo de las montañas, dar con el terreno del proyecto. La huella se desviaba *hacia la derecha sin atravesarlo y cruzaba frente a la antigua mina, que parecía adentrarse horizontalmente en la ladera. En los alrededores de la boca había algunas señales de actividad reciente: huellas de fuego, basura, algunas herramientas dejadas por usted, una pila de tablones cubierta con una lona, etcétera. Continué hasta lo que me pareció el extremo sur y detuve la camioneta. Apagué el motor. Destapé una botella de vino reservada para la ocasión y bebí un poco, tratando de reponerme de mi propio embotamiento. Por algún motivo, me sentía extrañamente indiferente, desapegado, como si me observara a mí mismo mientras volvía a encajar el corcho y descendía de la camioneta y comenzaba de un modo vacilante, con reticencia, mi reconocimiento del lugar. Subí hasta la cima de una loma baja, por donde debía pasar uno de los deslindes, y desde ahí traté de delimitar mentalmente el terreno, tomando la camioneta y el brocal de la mina como puntos de referencia. Me quedé allí mucho rato, hasta que logré hacerme una idea aproximada de sus dimensiones y de la probable ubicación de la veta subterránea. Ascendí hasta una nueva colina, desde la cual podía abarcarlo en toda su extensión. Entonces comprendí, con una claridad aterradora, definitiva, que no iba a llevar a cabo el proyecto, que se encontraba completamente por encima de mis posibilidades. Al mirar el terreno desde lo alto, me sentí de pronto demasiado viejo, demasiado cansado para echar a andar los engranajes de esa empresa, siquiera para formar parte de ella... Durante las horas previas había esperado una especie de revelación, que algo se manifestara de pronto a mi llegada, algo que serviría como punto de partida. Había esperado que el terreno, por así decirlo, encajara sobre sí mismo, que hubiera allí un pedazo de tierra que hiciera perfecto sentido, un lugar que estuviera de alguna forma, que sólo podría ser reconocida una vez allí, en perfecta concordancia con el proyecto. Había confiado casi sin cuestionamiento en que una vez llegado hasta allí, una vez reunido el coraje y la determinación para traspasar ese límite, las cosas iban a volverse nítidas de pronto. Pero no fue así.*

Descendí a toda prisa la colina, convencido de que ya no tenía nada que hacer ahí. Bajé hasta la camioneta sintiéndome vacío y exhausto, esperando que de un momento a otro me acometiera una desesperación plena, casi resignándome a ella. Pero no sentí nada. Me seguía invadiendo esa calma casi decepcionante, esa suerte de desconexión... Recogí otra vez la botella y me senté atrás, en la caja. Me acomodé entre el desorden de bultos y empecé a emborracharme despacio, con deliberación, pensando primero que había sido afortunado comprender aquello antes de que fuera demasiado tarde, y luego sin pensar nada en absoluto. Me bebí lentamente el vino mirando hacia el sitio (un pedazo de terreno muerto, tan incomprensible como el resto del desierto) y luego más allá hacia el espacio abierto. Terminé la botella, me tendí de espaldas y me quedé dormido. Desperté ya avanzada la noche. Me incorporé, miré a mi alrededor y, por un momento, no tuve la menor idea de dónde me encontraba.

Sábado.

Una nueva delegación de obreros, ansiosos, agitados por rumores, contenida en su mayor parte por Salinas. Le ofrecí al viejo contratarlos para refaccionar la casa, pero me dijo que no valía la pena. Si se intentaba hacer algún trabajo, me dijo, lo más probable es que terminara de venirse al suelo de una vez por todas.

Pienso marcharme mañana temprano. No he decidido si debo dar un rodeo o dirigirme directamente a Taltal. Deberíamos estar en condiciones de firmar el lunes o martes.

Insisto en redactar estas notas. Hace algunos meses intenté llevar un diario, pero no logré adelantar mucho. Por alguna razón, en las últimas semanas, me ha invadido otra vez el impulso de escribir y de escribir sobre el proyecto. Como si mediante esta vía las cosas fueran a volverse de pronto nítidas. He llegado a pensar incluso que todo se reduce a anotar un solo problema central, que voy a ser capaz de escribir todo lo relacionado con el proyecto —y así clarificar su sentido— en un solo envión, que estas notas no han sido más que un ejercicio preliminar, preparatorio para eso. Me paso las horas caminando de un lado a otro a la espera de un momento de claridad, ya sin prestar atención a las interrupciones ni a los pequeños acontecimientos del lugar, totalmente sumido en esa convicción, por lo demás infundada. Trato de mantenerme lo más atento posible y a menudo tengo la impresión de encontrarme al borde, a punto de verter esas ideas, sean cuales sean, de la manera más inesperada sobre el cuaderno. Algo que a estas alturas ya no tiene el menor sentido: que de un momento a otro fuera posible anotarlo todo, que el proyecto venga a desembocar en estas páginas y que, por así decirlo, se resuelva en ellas…

Su cabeza cayó hacia adelante y se quedó mirando fijamente el cuaderno, sin poder enfocar las letras. Se reclinó en la silla, volvió a cerrar los ojos y le llegó el rechinar lejano de la manga metálica. Trató de calcular cuánto había dormido, pero nada allí daba cuenta del transcurso del tiempo. Le temblaban las manos. Le tomó un momento encontrar el sitio donde había quedado. Intentó seguir leyendo, pero no pudo concentrarse. Cerró el cuaderno y lo dejó otra vez en su sitio, bajo una capa de papeles y el revólver. Se levantó, rodeó el escritorio, tiritando en el frío destilado de la casa, y apagó la lámpara.

Brown le dio una suave patada poco antes del amanecer. Yacía en la misma posición en que recordaba haberse quedado dormido, en lo alto de la escalera. Una luz plomiza se colaba por los ventanales del amplio salón vacío. En la penumbra del pequeño cuarto sin ventanas, enrollaron los sacos sin sacudirles el polvo. Luego descendieron la escala y atravesaron la casona silenciosa hasta la oficina y salieron al pórtico.

Afuera, se llenó los pulmones del aire frío y seco del alba, y vio que el cielo seguía oscuro en el oeste. Por algún motivo, le dio la impresión de que los arcos se habían alejado mucho el uno del otro. El lugar le pareció sombrío e improbable: un lóbrego desorden de edificaciones que podía haber estado ahí como en cualquier otro punto del desierto hasta donde alcanzaba la vista, o no estar del todo. Instalaron la puerta en la caja de la camioneta. Después de amarrarla, Brown aseguró en el extremo que sobresalía un pañuelo rojo. Luego se sentó al volante y accionó la palanca para levantar el capó; el borde se levantó un centímetro con un ronco quejido metálico. Revisó la varilla del aceite.

En ese momento, vieron aparecer un tren. Una larga caravana de carros desiguales que se aproximaba muy lentamente desde el norte, arrastrada por una vieja locomotora cubierta de polvo. El convoy pasó frente a la estación sin detenerse. Avanzaba tan despacio que se podía ver cada giro de las ruedas sobre sí mismas y la carga de los vagones a través de las puertas abiertas. Brown cerró el capó. Luego señaló hacia el final de la caravana, más allá de la altura del estanque, donde un grupo de diez o doce hombres había empezado a saltar a la explanada desde un carro plano. Llevaban un perro. Un pastor alemán amarillo muy grande, que se quedó un largo rato agazapado en el borde de la plataforma de tablas, reuniendo valor para saltar, hasta que uno de los hombres lo empujó suavemente con el pie.

Brown se alejó de la camioneta por encima de los ramales, mientras los hombres seguían arrojando sus bultos, dejándose caer hacia adelante para contrarrestar el avance y caminando sin apuro en dirección a las barracas del lado norte. El perro se detuvo en seco, levantó las orejas y se dio vuelta a mirar hacia los vagones. Luego continuó avanzando a saltos y adelantó al grupo.

Brown dejó oír un silbido corto y uno de los obreros lo saludó con la mano. Regresó hasta la camioneta y encendió el motor.

–¿Quién es? –preguntó él, señalando hacia las barracas.

–Se llama Araneda –dijo–, es el jefe de los obreros.

Enseguida agregó:

–Necesitamos aceite.

Emprendieron la marcha. Brown trazó un amplio giro sobre la explanada y enfiló en dirección al sur. Él observó la casa por última vez. Había esperado que, ante el paso del tren o los ruidos de su partida, Núñez diera alguna señal de vida. Pero el pórtico seguía vacío.

Les tomó poco más de una hora salir a la carretera. La aparición del pavimento lo tomó por sorpresa. Y también que Brown doblara hacia el sur.

–¿Adónde vamos? –preguntó él.

–A llenar el estanque.

Unos diez o doce kilómetros más adelante, llegaron a la estación de servicio donde se había detenido el bus dos semanas antes: Lagunas. Le tomó unos segundos ajustarse a la idea de encontrarse allí, con el mismo asombro que se tenía en sueños, pensó, al reconocer de pronto, después de un recorrido largo y errático, que se había vuelto al punto de partida. Brown atravesó rápidamente el estacionamiento polvoriento, dejando que la camioneta vibrara en las calaminas, y se detuvo frente a las bombas y la caseta. El viejo bombero lo saludó por su nombre, sin efusión. Se restregó las manos nudosas en los pantalones del overol y desenganchó una de las mangueras.

–¿Lleno?

–Lo más posible –dijo Brown, y desapareció en el interior de la caseta. Regresó con un envase de aceite. Levantó el capó.

–¿Cómo le ha ido? –quiso saber el viejo, frunciendo mucho el ceño contra la luz inclinada.

–No me puedo quejar.

–¿Qué lleva ahí?

–Una puerta –dijo Brown.

Cerró el envase vacío de aceite y lo arrojó desde mucha distancia a un tambor de basura. Acertó el tiro. Sin revisar la varilla, destapó el radiador y vertió agua con una manguera.

La bomba se detuvo. El viejo comenzó a rellenar el estanque, vigilando escépticamente los números que indicaban el precio. Sacó el pitón y, en el momento de girar para volverlo a su sitio, pareció perder el equilibrio y volvió a apretar el gatillo, de modo que un chorro de bencina se desparramó en el polvo junto a la camioneta.

–Puta –gritó el anciano.

Encajó el pitón con un golpe en la máquina y se quedó mirando los números a muy corta distancia.

–La concha de su madre –agregó.

–No se preocupe –dijo Brown.

Volvió a cerrar el capó. Pagó. Él se fijó en el reguero de gasolina que reptaba lentamente hacia la puerta de la caseta sin mezclarse con la tierra, desviándose ante las mínimas variaciones de un declive imperceptible, con la impresión de que algo iba a ocurrir cuando la alcanzara.

Brown arrancó y giró en redondo para cruzar el estacionamiento en dirección al norte. Antes de llegar al pavimento, se detuvo.

–¿Todavía quiere manejar? –dijo.

Sin esperar su contestación, abrió su puerta y rodeó la camioneta por delante, en tanto él se deslizaba al sitio del conductor.

Llegaron al primer desvío a Antofagasta antes de la una. Más allá del cruce, se detuvo en una estación de servicio. A lo lejos, al otro lado del camino, divisó la enorme refinería que había visto desde el bus. Notó que los bomberos no conocían a Brown y le dio la impresión de que habían traspuesto un límite.

Llenaron el estanque. Brown compró agua, sándwiches y fruta para el viaje. Al salir de la tienda cargando un par de bolsas de plástico, los ocupantes de un jeep rojo, que estaba estacionado a la sombra de un letrero, lo llamaron. El jeep iba lleno de carga hasta el techo, con un par de bidones de agua amarrados por fuera, en los costados de la rueda de recambio. Sus ocupantes vestían exactamente la misma ropa, que parecía nueva: poleras blancas con un pequeño triángulo azul en el pecho, pantalones cortos de un color verde claro y zapatos de caña alta. Conversaban con uno de los bomberos, que estaba en cuclillas dibujando lo que parecía un mapa en el suelo. Brown se acercó hasta ellos, negó con un gesto enfático a algo que le preguntaron y se acercó sin más hasta la camioneta. Él esperaba que lo relevara, pero volvió a ocupar el sitio del copiloto.

Arrancaron. Él devoró su sándwich muy rápido, vigilando todo el tiempo en los espejos laterales que la carretera continuaba vacía, ya que la puerta obstruía el retrovisor. Después del segundo desvío, Brown dijo con tono de desprecio:

–Aquí todo el mundo está asociado, en mayor o menor medida, a la minería. Y los que no lo están, lo simulan.

Se dedicó a comer en silencio. Diez minutos después, anunció:

–Hace algunos años pasé bastante tiempo recorriendo esta zona, sobre todo hacia el interior, y conocí a un buen número de pirquineros, exploradores y pequeños empresarios mineros. Gente con la que, con muy pocas excepciones, no tenía nada en común… En un comienzo, me interesó su propensión a contar historias, la avidez ansiosa, maniaca que los arrastra a todos casi como una fuerza física, que no permite el menor atisbo de humor, de distanciamiento… Me dedicaba a escuchar sus historias, a reflejar en lo posible su lenguaje, con genuino interés y hasta con cierta admiración. Me admiraba el fervor de esos hombres, el afán de resolverlo todo de golpe, de solucionar sus vidas y las de todos a su alrededor como si se tratara de enigmas con una sola respuesta posible –Brown hablaba en lo que parecía la versión audible de su silencio abstraído, con un tono de voz distinto, impersonal, que no parecía dirigirse a nadie en particular–. A cada rato me topaba con tipos como los de la bomba –señaló con un vago gesto hacia el camino que iban dejando atrás–, con ingenieros o geólogos que realizaban estudios en la cordillera de los que no podían hablar, con pirquineros mitómanos, con exploradores que acarreaban de un lado a otro actas de pedimento borrosas o mapas que sólo se atrevían a abrir delante de uno por un instante antes de volver a cerrarlos con expresión de conspiradores… Y en un plazo más o menos breve, mi curiosidad terminó por dar paso, como era de esperarse, al hastío.

Brown bebió agua de una de las botellas. Observó cuánto había descendido el nivel y se la llevó otra vez a los labios. Él esperó que volviera a sumirse en el silencio, pero continuó:

–En esa época llegué a pensar (y lo sigo creyendo ahora, aunque no podría explicarlo) que la voracidad desenfrenada, eufórica de esa gente debía provenir de alguna forma del paisaje –hizo una pausa–. Si uno se pone a pensarlo –siguió–, nada florece aquí sin motivo. La actividad es mucho mayor de lo que cabría esperarse. Pero toda empresa debe soportar constantemente la presión del entorno, que no permite el menor desperdicio de energía, el menor, por así decirlo, movimiento falso. Nadie viene aquí excepto con un interés específico, nadie se queda en el mismo sitio un minuto más de lo imprescindible y no dudan en abandonarlo todo, de la noche a la mañana, al efecto de la intemperie. Incluso los que vienen a recorrer, que son los peores de todos, los que deambulan de un lado a otro, esperando que el desierto se les revele de pronto, no sirven sino al más mezquino de los propósitos. Y eso porque la hostilidad del paisaje no toleraría otra cosa...

Dejó que transcurriera un nuevo silencio. Él reprimió el impulso de intervenir y permaneció callado, con la vista fija en el sitio indefinido en que las franjas blancas del camino se descolgaban de la línea del horizonte.

–Yo también estuve involucrado en un proyecto minero... –dijo Brown.

–¿Lo que mencionó Núñez? –preguntó él, en un tono de afectada sinceridad que se reprochó enseguida, sin dejar de mirar hacia el pavimento–. ¿Lo de una mina?

–Eso mismo.

Una ráfaga de viento azotó de pronto la camioneta desde un costado y lo obligó a girar el volante para mantenerla sobre el pavimento. Disminuyó un poco la velocidad, intentando adivinar de qué modo la puerta, que actuaba como un alerón, afectaba la estabilidad del avance, y se dispuso a coronar una pequeña cuesta. La carretera avanzaba ondulando por un tramo de dunas altas de forma afilada, donde el viento había cavado profundos surcos regulares en la arena.

–No me metí en eso por mi propia voluntad –dijo Brown–. El asunto me cayó de golpe y me tomó con la guardia baja. No tuve otra opción. O por lo menos, eso me pareció en su momento.

Brown levantó una de las bolsas de plástico que ondeaban en la ventolera. Estudió su contenido por un momento y volvió a dejarla caer en el piso de la cabina, que se había llenado de basura: botellas, bolsas de papas fritas, cajas de jugo, un tenedor, cáscaras de plátano, paquetes de cigarrillos aplastados. Él notó en el retrovisor que el cartón se había rasgado en una esquina de la puerta y un tramo de cordel, que vibraba pulsado por el viento. Se mantenía firme.

–¿Qué tipo de mina era? –quiso saber él.

–Oro.

–¿Cómo dio con ella?

–Por casualidad. Aunque uno nunca puede estar seguro de eso,

¿no? Tal vez el asunto me vino a dar a las manos precisamente por el rechazo que me inspiraba esa gente y todo lo relacionado con ella, precisamente porque no me interesaba en lo más mínimo...
—Brown pasó un dedo por el interior del parabrisas y ambos observaron por un instante la pequeña marca que dejó en el polvo. Un auto pasó por la pista contraria y los saludó haciendo sonar su bocina. Prosiguió—: Me encontré con un pirquinero que había tenido un accidente. Le había explotado una carga de anfo. Escuché la detonación a mucha distancia. Llegué hasta el lugar sin proponérmelo, pero en cuanto lo vi lo conecté con el estallido. Estaba acostado boca arriba sobre un gran charco formado por su propia sangre. La detonación le había arrancado las manos y una pierna a la altura de la rodilla y había malogrado el resto de su cuerpo de una forma espantosa. Tenía la boca muy abierta y se esforzaba por tragar aire; los ojos ya velados, fijos en un punto del cielo. Había sangre por todas partes, tanta que no parecía haber podido caber en él. En cuanto me vio aparecer, fue como si me hubiera estado esperando. Creo que casi me confundía con otro...
—¿Era suya la mina?
—No —dijo Brown con brusquedad—, no todavía...
Se interrumpió. Él vio cómo sus cejas formaban un gesto de indignación, que se disolvió enseguida en una sonrisa sardónica.
—¿Por qué? —agregó.
—¿Cómo?
—¿Por qué le interesa?
—No sé —dijo él, confundido.
Brown dejó oír una carcajada corta.
—Lo siento —dijo.
—¿Qué cosa?
—Ya ve cómo uno tiende a caer en lo mismo... incluso para explicar que esta gente tiende a hablar más de la cuenta.
—A mí no me importa.
—Pero a mí sí —repuso Brown de un modo tajante.
Sacó su mano por la ventanilla, empujando el aire hirviente hacia el interior, de modo que les diera en la cara. Sonreía para sí mismo, con el aspecto de haber comprendido algo que hasta el momento lo hubiera aproblemado.
—A veces parece que todo el trabajo acumulado de la zona no es más que un pretexto para las historias —dijo—. Y uno no es una excepción...

La camioneta traspuso la cima de una nueva elevación muy empinada, desde la cual el camino descendía con suavidad hacia el norte. Al final de la pendiente vieron aparecer un enorme camión volcado, cuyo remolque había caído en diagonal sobre el camino y parecía haberse arrastrado un largo trecho cuesta abajo antes de quedar en ese sitio, con los ejes torcidos y la cola equilibrada en el borde de una zanja, obstruyendo el paso. Atravesó despacio la marca de un patinazo y las huellas donde el metal del remolque había raspado el pavimento, y se detuvo frente a una barrera de contención en la carretera vacía.

Unos cien metros más adelante, vieron un pequeño bus decrépito que se ponía en marcha, alejándose de un caserío, y convergía despacio hacia el pavimento. Él cruzó a la pista contraria y lo adelantó a toda velocidad. En el costado derecho, distinguió una quebrada muy profunda que cortaba la llanura como una grieta y se aproximaba en zigzag al camino como si la tierra se estuviera abriendo en ese mismo instante, cerrándoles el paso. Aceleró para sobrepasarla.

Dejaron atrás un gran letrero que indicaba el desvío a Calama. Esperó una señal de Brown y, como no la hubo, continuó en dirección al norte. En unos minutos alcanzaron un cartel que indicaba la distancia a Quillagua, Iquique y Arica. Calculó que los separaban unos cuatrocientos kilómetros del desvío a Pisagua.

6

Despertó acurrucado como un feto en la oscuridad. Abrió los ojos cerca de la pared de la carpa y tuvo conciencia de inmediato de dónde estaba y del tiempo transcurrido desde que se había echado a dormir. Se tendió de espaldas y cerró los ojos. Pero estaba despierto. Se puso los pantalones y salió. Afuera había niebla. El frío húmedo lo reconfortó de un modo que hizo subir por su cuerpo una oleada de intensa alegría, una euforia momentánea similar al primer indicio de una borrachera. Estaba oscuro. En la penumbra se alzaba la silueta de la casa y, a través de la distancia surcada de partículas de humedad, el contorno borroso de la bodega. Se dirigió a la casa. Atravesó el entablado, pisando cautelosamente con los pies descalzos entre el aserrín y los clavos desechados y los retazos de madera que cubrían el piso. La niebla, que parecía una masa compacta presionando contra los huecos de las ventanas, irradiaba a esa hora una suave fosforescencia que podía provenir, tamizada, de las estrellas o de la luna decreciente o del amanecer, pero que parecía propia. Se detuvo más o menos en mitad de la planta, con la impresión absurda de que el diseño de la casa y su emplazamiento en lo alto de la colina se relacionaban de alguna forma con las ruinas del desierto. Una parte de sí mismo se opuso a esa idea: que aquello pudiera ser una proyección o un reflejo de una o varias construcciones arrasadas, que lo que estaba a medio erigir pudiera estar al mismo tiempo o secretamente a medio desmantelar. Se dijo que ese efecto no iba a durar demasiado: hasta que comenzaran a erigir el techo o, a más tardar, cuando cerraran con cristales las ventanas.

Abrió la llave y dejó que el agua fría y salobre escurriera por su pelo. Durante la última media hora había lavado algunas camisetas y camisas, que ahora se secaban rápidamente al sol extendidas sobre el techo de la carpa, como pieles. Se dijo que debía aprovechar el impulso y lavar toda su ropa, pero decidió dejar el resto para más tarde. Brown había recibido la llegada de los carpinteros con entusiasmo, como si se tratara de viejos amigos a los que no había visto en mucho tiempo, con una jovialidad que a él le pareció exagerada, que podía tener o no algún propósito oculto. Les mostró la puerta, que estaba presentada contra la pared, obstruyendo a medias el vano en que iba a ser engarzada, todavía en su funda de cartón. En contra de sus instrucciones, Juan y Antonio habían trabajado durante su ausencia, terminando el tabique del baño y preparando una serie de tablones, con sus extremos cortados en ángulo, que iban a ser las costaneras del techo.

Ahora habían atravesado una gran viga a lo ancho de la casa, apoyándola de canto sobre los muros. Habían introducido uno de los mesones por el umbral y los escuchaba formar las estructuras sobre las que iba a ir montada la cumbrera. Se alisó el pelo con las manos. Estrujó la última camisa. Estiró las mangas con cuidado y la dejó en un hueco libre de la lona. Después enjuagó el balde que había usado como batea. Se sentía apesadumbrado. La noche anterior, al regresar, lo había invadido una inquietud que no lo había abandonado hasta entonces, que parecía estar compuesta en gran parte de la conciencia de cuánto le repugnaba ese sitio. Se había acostumbrado a él, se dijo, como uno terminaba por acostumbrarse a todo. Pero ahora, después de un intervalo de tres días, se veía otra vez forzado, por así decirlo, a mirarlo de frente. Y lo sorprendía en qué medida su impresión no se separaba en nada de su primera reacción instintiva, como si hubiera regresado, en lo que a eso respectaba, al punto de partida. El lugar le parecía espantoso, maligno. En su mente rondaba el término que había usado Brown para referirse al desierto y que parecía destilarse allí: hostilidad. Todo resultaba inhóspito: el pueblo, la gente, los cerros, incluso el mar. Todo parecía emitir una especie de vibración, se dijo, un bajo continuo que sólo podía percibirse en la piel de la espalda y de las manos o con un sentido del oído por así llamarlo, interno, más fino. Algo que parecía repercutir directamente en un punto de su estómago, sin pasar por la conciencia, y le comunicaba esa ansiedad sorda, exasperada, que lo sumía a su vez en un desasosiego indolente que iba apagando una parte de sus sentidos. Pensó que el efecto letárgico que propagaba no era sino el reverso de un mecanismo de protección contra aquello, que la ausencia le permitía percibir otra vez. Aquella sensación de amenaza incierta, como una presencia sin forma cerniéndose sobre todo aquello –como si lo ocurrido allí pudiera haber dejado un excedente, un residuo–, no podía reducirse tan sólo a la intervención de lo sobrenatural, pensó. Fantasmas, el alma en pena de los muertos: eso le parecía burdo, aunque tal vez también formara parte de aquello. Algo a lo que, en definitiva, tal como le había demostrado la experiencia, no tardaría mucho en acostumbrarse por completo, en retroceder a un plano en el que ya no tendría para él la menor importancia.

Bebió agua de un bidón y mordió un durazno. Abrió otra vez la puerta de la carpa para buscar sus cigarrillos y, en un rincón, a los pies del saco de dormir, encontró una nota. Por algún motivo lo perturbó no haberla visto al acostarse. Miró a su alrededor, temiendo una broma de Brown. La nota era una sola hoja de cuaderno doblada varias veces, cerrada con lo que parecían los restos de una cinta navideña blanca. Decía:

Ya sabes dónde.

No te vas a arrepentir. T.

Arrugó el papel hasta formar una bola pequeña que se metió en un bolsillo. Se puso una de las camisetas húmedas y rodeó la casa por fuera hasta el borde del promontorio. Encendió un cigarrillo y trató de decidir si la nota contenía o no un tono de amenaza. Le pareció que no. Intentó imaginar cómo había llegado Teresa hasta la carpa, si lo había hecho sin ser vista (que era lo más probable) o si sencillamente había subido hasta allí ante la vista y paciencia de los carpinteros y les había preguntado si no les importunaba que le dejara a él una carta. Fuera como fuera, no se lo iba a preguntar a Juan. Desplegó la nota y volvió a leerla. Aquello hizo que se le secara la boca y que el humo le supiera a amargo. La había visto la noche anterior. Al llegar en la camioneta, que él conducía dominando el impulso de pisar el acelerador a fondo para atravesar el pueblo, la había divisado apoyada contra el mismo umbral frente a la plaza. Ella los había mirado pasar sin hacer un solo gesto. Él la había seguido con la vista hasta que había quedado oculta detrás del rostro inmutable de Brown. Volvió a decirse que debía intentar asumir el control de las cosas con respecto a ella, manejar el ritmo de la situación. Pero al mismo tiempo le parecía que una parte de él no necesitaba hacerlo en absoluto.

Cerca del mediodía, la vio aparecer flanqueando el edificio de la estación. Apuntó hacia ella los prismáticos y vio que llevaba lo que parecían unas botas negras de escalar, una camiseta sin mangas y un traje de baño que parecía alargar sus piernas blanquísimas y rotundas, que le había dado en un principio la impresión de que iba desnuda de la cintura hacia abajo. Él se separó unos pasos de la casa para que ella pudiera verlo, pero no levantó la vista. Llegó hasta la explanada de cemento y la atravesó con pasos rápidos, en dirección a la playa. Él barrió el océano con el lente y divisó al azar un bote pesquero solitario, que se mantenía inmóvil a lo lejos, mar adentro. Distinguió otros, a mucha distancia también entre sí. El mar estaba en calma. En la amplia superficie rizada se veían manchas de distinto color, estrías, líneas divisorias entre las distintas texturas de las corrientes. Pensó que, en caso de que estuvieran observando en ese momento la costa, era probable que los pescadores distinguieran la silueta de Teresa cruzando la playa, pero no podrían saber que era ella. Ni que era él quien la seguiría diez minutos más tarde cortando la base del barranco.

La joven dejó atrás las ruinas de la pesquera y tomó por el camino que dominaba la playa. En ese momento, se dio vuelta como si alguien la hubiera llamado. Entonces vio a un hombre vestido de negro que salió de detrás de un muro de las ruinas y avanzó algunos pasos, indeciso, hacia ella. Teresa lo saludó con un gesto de la mano. Cruzaron algunas palabras a mucha distancia el uno de la otra. El hombre –el mismo que él había encontrado un par de semanas antes en el mismo sitio, vigilando a un buzo– pareció asentir a algo que decía la joven y luego ella volvió a ponerse en camino. En vez de ascender por la ladera, sin embargo, bajó a la playa. Se quedó un rato sentada en la arena, abrazándose las rodillas, mirando en dirección a los botes lejanos. Luego se puso de pie y deshizo su camino, mientras a él lo poseía algo parecido a la cólera, una súbita indignación contenida en la que le pareció ver por un instante un reflejo de Brown. Al pasar otra vez frente a las ruinas, le dirigió a ese hombre, a quien él no podía ver, una señal de despedida. Luego se encogió ostensiblemente de hombros y él no supo si con ese gesto contestaba a algo que le había dicho el hombre o si estaba dirigido hacia él, para recalcar que aquello no dependía de su voluntad. La vio alejarse con el mismo paso enérgico con el que había venido, la cola de caballo oscilando en su espalda con amplios aleteos, hasta desaparecer tras el alero de la estación.

Llegó hasta la poza con dificultad. La marea estaba más alta y el oleaje, pese a llegar hasta ese sitio de un modo indirecto, había amenazado con arrastrarlo desde la saliente de roca. Se sentó en lo alto de la piedra y encendió un cigarrillo. Aspiró hondamente el humo y observó cómo se disolvía en la brisa. La brisa aliviaba un poco el calor y había encrespado las olas detrás de la poderosa barrera de roca, comunicándole a la dilatada extensión del mar una suerte de opacidad, un brillo acerado. A lo lejos, apenas unos centímetros por debajo de la línea deslumbrante del horizonte, descubrió uno de los botes pesqueros que continuaba inmóvil, a la espera de algo.

Se quedó allí la mayor parte de la tarde, fumando al sol, sin entrar al agua. Sabía que ella no iba a aparecer. No esa tarde. Pero había decidido acudir a la cita de todas maneras. Se propuso decidir si debía proporcionarse un curso de acción a seguir con Teresa, si debía formarse una idea más o menos aproximada de lo que quería que ocurriera. Sin motivo, se había propuesto alinear sus pensamientos al modo en que imaginaba que reaccionaría Brown ante aquello. Pero se dijo que Brown evitaría encontrarse en una situación como ésa.

Se incorporó para marcharse. Súbitamente cambió de opinión y se arrojó al agua. Tuvo conciencia por un momento del arco que describía su cuerpo en el aire, en diagonal, para evitar que su cabeza fuera a estrellarse contra el muro de enfrente. El agua le pareció más fría. Los tentáculos de las algas lo rozaron y se alejó de la zona en que se concentraban. Permaneció flotando boca arriba, hamacándose levemente en la superficie trémula. No se movió hasta que pudo sentir el arrastre de la corriente y, cambiando de posición, alistándose para alejarse, se dejó llevar por ella. Aquello le producía una especie de vértigo, la tentación de abandonarse hasta que la succión de la resaca lo llevara más allá del estrecho, hacia la zona expuesta batida por las rompientes. Entonces, en lo que le pareció el último momento, comenzó a nadar con energía. No le sorprendió comprobar que no avanzaba en lo más mínimo. Continuó braceando con todas sus fuerzas. Intentó mirar hacia atrás por debajo de su cuerpo y pudo distinguir la proa de la gran roca sumergida, que parecía avanzar hacia él a toda velocidad. Al menos conseguía mantenerse en el mismo sitio, se dijo. Aunque para hacerlo tuviera que esforzarse al máximo. En un momento, con un brusco giro, dejó de ofrecer resistencia a la corriente y trató de nadar hacia el muro de piedra de la izquierda. La fuerza del agua lo golpeó contra las rocas, enterrando su cuerpo en una densa masa de algas. El empuje hacia afuera era allí menos intenso y consiguió aferrarse a la roca, pero no había un sitio donde salir. Consiguió avanzar lentamente, pisando entre el tallo de las algas, venciendo el impulso suicida de desprenderse de su abrazo enérgico, viscoso, hasta un punto en que le pareció que podía vencer a la corriente y se impulsó otra vez hacia el centro de la poza.

Se sentó otra vez en la roca y encendió un cigarrillo. Después de mucho rato, descubrió un hilillo de sangre que brotaba de una de sus rodillas y salpicaba la piedra.

En su descenso hacia la base del promontorio, distinguió a Brown que caminaba por la playa. Le salió al encuentro. Al bajar el terraplén, pudo ver que ya habían terminado de instalar la cumbrera del techo y le pareció que, aunque era temprano para ello, los carpinteros se habían marchado de la obra. En el mar, a poca distancia de la costa, se elevaba un gran banco de niebla exactamente de la misma altura de los acantilados, que se había tragado los botes y ocultado hacía largo rato el sol. Una hora antes, no había sido más que una blanca cinta irregular como una soldadura en el horizonte, y en poco tiempo se había abalanzado hasta allí para detenerse de pronto, como un reflejo fantástico de los riscos. Brown lo vio descender hasta la arena, pero continuó su andar pausado hacia el norte, hacia el campo de concentración, sumido en sus pensamientos. Una bandada de gaviotas alzó el vuelo a su paso y volvió a posarse en el mismo lugar. Parecía envuelta en una riña; dejaba oír un enmarañado estruendo de graznidos alterados. Él llegó hasta la orilla, pero no siguió a Brown. Le vino a la mente que nadie estaba vigilando en ese momento la obra y se dijo sin sorpresa que Brown no necesitaba en absoluto un cuidador. Al menos no en el sentido estricto en que se lo había hecho creer a él. Le pareció, en cambio, que aquello formaba parte de una compulsión de Brown por contratar gente. Por algún motivo, hasta ese instante no había considerado la posibilidad de situarse a sí mismo en el mismo plano que los otros: que su labor pudiera no tener propósito, que él pudiera necesitarla más que Brown. Ni siquiera cuando éste había decidido llevarlo consigo a Agua Santa; ni siquiera, se dijo con desaliento, ante la paga a todas luces excesiva. Resolvió, sin embargo, que su ocupación no podía ser completamente inútil, por más que tampoco pudiera considerarse del todo imprescindible. A menos que Brown estuviera manejando al mismo tiempo cuentas que él no alcanzaba a comprender.

Brown llegó hasta el final de la playa, pareció patear suavemente una piedra y emprendió de inmediato el camino de regreso. Él permaneció de pie en el mismo sitio, contemplando cómo la bruma se ponía otra vez en movimiento y en pocos minutos pasaba sobre ellos, absorbiendo la mayor parte de la luz. Las olas se arqueaban y rompían a esa hora a intervalos regulares y habían trazado en la arena una línea de espuma sucia y fragmentos de madera.

–Terminaron pronto –dijo cuando Brown estuvo suficientemente cerca para oírlo.

–Me pidieron permiso para ir a ver un partido.

–¿Quién juega?

–No tengo idea –respondió Brown.

Él señaló el sitio en que la obra había sido tragada por la nube, que ahora comenzaba a precipitarse sobre ellos como una avalancha en cámara lenta. Dijo:

–Avanzaron bastante.

–Ya no queda mucho –repuso Brown, en el instante previo a que la niebla se cerrara por fin sobre ellos.

Al caer la noche, Brown encendió una fogata. Comieron pan y salame e higos secos, rodeados por la niebla helada. Al final destapó una botella de vino, la última, y sirvió dos vasos hasta la mitad. Llevaba una gran chaqueta raída de alpaca que lo hacía parecer más pequeño de lo que era. Cada cierto tiempo extendía las palmas de las manos cerca del fuego y luego las volvía a encajar en los bolsillos de la chaqueta.

–Vamos a tener que preocuparnos pronto de los tijerales –dijo, después de beber un sorbo de vino.

–¿Cuándo hay que hacerlos?

–No sé. Voy a dejar que lo decida el Juan.

Él terminó el contenido de su vaso y volvió a rellenarlos. Al inclinarse, la tela del pantalón le rozó la rodilla lastimada.

–Tal vez lo mande a usted a Iquique la próxima semana en la camioneta –continuó Brown– para comprar lo necesario.

Se pasó una mano por su pelo tieso, sin dejar de mirar el fuego con los ojos entrecerrados.

–¿Le gusta la arquitectura? –preguntó.

–Supongo que sí –dijo él. Había estado dibujando en su cuaderno de croquis el perfil de la casa y supuso que la pregunta se debía a eso.

–¿Le va bien con el estudio?

–Más o menos.

–¿En qué año está?

–Recién terminé el segundo –contestó él sin convicción.

Brown asintió, con el aspecto de que sus pensamientos se encontraban al mismo tiempo en un lugar muy remoto.

–La verdad es que no estoy seguro si quiero seguir... –continuó él.

–¿No le gusta estudiar? –inquirió Brown con indiferencia.

–No es tan sencillo...

–¿No?

–Mi hermano es arquitecto –dijo él–. Prácticamente me tiene conseguido trabajo para cuando me titule... Este verano se suponía que iba a trabajar con él.

–Pero se vino para acá.

–Correcto.

Brown bebió un sorbo de vino y se puso a revolver el contenido del fondo de su vaso, formando un remolino.

–Yo terminé de estudiar hace casi cuarenta años –dijo– y todavía se me revuelve el estómago cada vez que pienso en eso: en mis profesores, los exámenes, las salas de clase... Estuve en la maldita escuela de derecho cinco años y medio y me he pasado el resto de la vida tratando de sacarme de la cabeza lo que me introdujeron a presión, de la forma más despiadada. Y creo que todavía no lo consigo. A veces me sorprendo a mí mismo en mitad de un pensamiento y me digo: "Así piensa un abogado", y me siento como si me hubieran derrotado una vez más.

Le pareció que lo que ocurriera con él, más allá del área de la construcción, desbordaba también el ámbito de interés de Brown. Por algún motivo incomprensible no sólo había esperado su opinión al respecto, sino que en alguna medida le proporcionara una solución, una salida simple y definitiva al estado al que se había conducido a sí mismo como a un callejón sin salida. Eso hizo que dejara escapar una corta risa ahogada.

–¿Qué pasa? –preguntó Brown.

–Nada.

–A su edad –dijo Brown–, de los que hay que sospechar es de los que lo tienen todo claro.

Él comprobó que se le habían acabado los cigarrillos. Esperó un instante y luego preguntó:

–¿Usted tiene familia?

Brown lo miró por un momento de un modo sombrío y dejó que su vista fuera otra vez a las llamas.

–Quién no la tiene –dijo con desagrado.

–¿Hijos?

–Dos.

–¿Se mantiene en contacto con ellos?

Esperó un momento antes de contestar, exasperado:

–No.

–¿Qué les parece que se haya venido para acá?

–Supongo que creen que lo hice para alejarme de ellos –dijo Brown, incómodo–. Pero no me consta, ni me importa.

En los días anteriores, durante el viaje por el desierto, le había dado la impresión de asomarse por primera vez, como ante una compuerta, a una parte central de Brown. Le había parecido que el hecho de acompañarlo había dependido al menos en parte de él, que se había ganado su confianza y eso constituía una especie de victoria. Y ahora esa idea se le presentaba como un error de cálculo, en el momento en que la compuerta, se dijo, se cerraba otra vez en sus narices. La actitud absorta y al mismo tiempo irritada de Brown lo hizo preguntarse hasta qué punto, al igual que con los pirquineros y los pescadores, nada lo vinculaba a él en absoluto. Se había obstinado en observarlo con toda su concentración y le parecía que no había logrado mucho. Había llegado a imitar sus gestos, su manera de caminar, como si la tarea consistiera en transformarse en Brown, pero aquello era como calcar un diseño incomprensible: un intento de compenetración de afuera hacia adentro, se dijo, condenado de antemano al fracaso.

–Si he de serle completamente sincero –continuó éste–, la verdad es que no siento la menor conexión con mi familia. Sé que debe existir algún tipo de conexión, pero yo no la siento. Para nada. Usted, por ejemplo, me parece ahora más cercano que mis hijos o mis hermanos, y cuando se vaya va a ocurrir exactamente lo opuesto. La verdad es que me siento cercano a algunas personas específicas de mi familia, pero eso no tiene nada que ver con el hecho de que sean familiares. Todo lo contrario: he tenido que mantenerme a distancia precisamente por eso…

–¿Saben de la mina? –preguntó él, comprendiendo oscuramente que presionar a Brown era un error, que debía apartarse de su camino, pero sin poder contenerse.

–¿Quién?

–Su familia.

–No sé, ¿por qué? –dijo Brown, con el aspecto de sentirse amenazado y al mismo tiempo de estar ejerciendo sobre sí mismo un férreo control.

Él se encogió de hombros. Dijo:

–¿Tienen alguna idea de lo que hace usted aquí?

–Me tiene sin cuidado –contestó Brown, casi sin darle tiempo a continuar–. Yo ya estoy en una edad en que no necesito aferrarme a la gente. Y mucho menos por el hecho de que sean de mi familia. Por mí, que se vayan a la mierda.

No agregó nada más y tampoco lo hizo Brown. Aplastó el paquete de cigarrillos y lo arrojó al fuego. Lo observaron consumirse en una sola llama clara y alta que se apagó de inmediato.

Se quedaron largo rato sin decir una palabra. Él tenía otra vez la certidumbre de que entre ambos fluía, sin pausa, una forma de comunicación silenciosa, un bombardeo de señales dirigidas a un punto suyo del que no tenía conciencia. Algo no articulado en palabras, que él sólo podía percibir como una tensión. Lo asaltó la idea absurda de que aquello pudiera operar en él con un efecto retardado, que sólo vendría a darse cuenta de su sentido más tarde, a su debido tiempo. Tal vez todo se redujera, pensó, a que él debía comprender un mensaje muy simple, algo que había estado desde el comienzo delante de sus ojos, sin ser mencionado en voz alta precisamente en virtud de su obviedad, que le permitiría comprender de pronto con toda nitidez el modo en que las cosas encajaban en su sitio: por qué Pisagua, por qué lo había contratado, cómo se relacionaba eso con el proyecto, etcétera. Tal vez Brown lo había puesto a prueba durante todo ese tiempo, pensó, aunque al final sólo hubiera obtenido una respuesta negativa a una pregunta no formulada. Aunque hubiera fracasado de un modo lamentable, se dijo. En cierto sentido, el interrogatorio más o menos directo a que había sometido a Brown, que malograba cualquier aspiración de llegar a comprenderlo, implicaba un reconocimiento abierto de ese fracaso. Eso, le pareció, había sido su propósito. Permanecieron en silencio durante casi media hora, mirando abstraídamente las llamas. Él tuvo la sensación de que iba a comprender de un momento a otro, que la clave de todo aquello estaba a punto de serle revelada de golpe, pero luego todo el asunto le pareció insensato. Volvió en sí de pronto y se dijo que eso no tenía el menor sentido.

A primera hora de la mañana, estaba de pie en el umbral de la puerta y observaba a los carpinteros. Se había levantado hacía más de media hora, pero aún no conseguía despertar del todo. Se sentía agotado. Había dormido profundamente, toda la noche, sin sueños, de un modo que no le había proporcionado el menor descanso. Y su despertar había sido abrupto. Sin ninguna razón que él pudiera imaginar, Brown había disparado dos tiros de la escopeta y, al verlo salir de la carpa con expresión atónita, había girado para apuntarle con el arma descargada y se había largado a reír.

Antonio se equilibraba en ese momento sobre el mesón en el otro extremo de la casa, con un pie sobre una caja de herramientas y otro en el marco de la ventana. Sostenía en lo alto de la cumbrera un tablón cortado que iba a ser una de las costaneras del hastial. Lo estaban presentando. Antonio la sostenía en alto, apoyada sobre un suple, mientras Juan se esforzaba, subido a la escala de tijera, por medir con un nivel el punto en que iba a ir el hombro de apoyo. Repetían la medición una y otra vez, como si temieran cometer una equivocación.

De repente, a sus espaldas, escuchó que el motor de la camioneta se ponía en marcha. Se apartó de la casa y vio a Brown que avanzaba unos metros y frenaba al encarar la pendiente. Echó a andar hacia ese sitio. Brown se estiró en el interior de la cabina y bajó la ventanilla del copiloto.

–¿Adónde va?

–Tengo que comprar algunas cosas… –dijo Brown con acento jovial–. Puede que encuentre lo que busco en Huara o Pozo Almonte. Si no, voy a tener que bajar a Iquique.

–¿Quiere que lo acompañe?

–Prefiero que se quede aquí.

Él se mostró de acuerdo con un gesto. Apoyó los antebrazos en la ventanilla para estudiar la expresión ceñuda de Brown, a quien parecía molestarle mucho el sol. Lo asaltó la súbita intuición de que no lo iban a ver nunca más, de que estaba escapando.

–¿A qué hora va a volver? –preguntó.

–Al mediodía –repuso Brown. Agregó–: ¿Quiere que le traiga algo?

–No, gracias.

La camioneta arrancó con brusquedad, como si se le hubiera soltado el embrague por accidente, y él la observó descender hacia el pueblo protegiéndose los ojos con la mano.

Brown regresó después de las cuatro. Estacionó la camioneta y se dirigió en línea recta a la bodega, en cuyo interior desapareció por más de media hora. Luego fue hasta la casa para echar un vistazo a la obra con un gesto vagamente aprobatorio y se sentó en el umbral a limpiar la escopeta.

–¿Lo encontró? –quiso saber él.

–¿Qué?

–Lo que andaba buscando.

–No –dijo Brown.

Durante su ausencia había estado rondando la obra, sintiéndose desalentado en proporción exactamente inversa al ímpetu incansable que desplegaban los carpinteros. No se sentía bien. No sabía si atribuirlo a la falta de descanso durante la noche o a las emanaciones del lugar, o si era sólo una señal de que iba a enfermarse. Se había mantenido más o menos atento a la playa, hasta que había distinguido al hombre de negro sentado otra vez en las ruinas, probablemente a la espera de ver aparecer a Teresa.

–¿Qué le parece si fijamos los tijerales para el domingo? –inquirió Brown, sin levantar la vista de la escopeta.

–Seguro.

–Le vamos a preguntar ahora mismo al Juan y tal vez lo mande a Iquique mañana… O el sábado, para que la carne esté fresca.

Él asintió. La idea de una celebración con los carpinteros, en ese lugar desolado, lo entristeció.

–Podemos invitar a la Teresita, si quiere –agregó Brown, burlón.

Él se dirigió a la carpa. Se tendió de espaldas en el interior caldeado y luminoso, y se quedó dormido.

Despertó a la hora del crepúsculo. Se quedó mirando fijamente un triángulo de terreno pedregoso a través de la puerta de la carpa, desorientado, sin saber si estaba oscureciendo o amaneciendo. Se incorporó y vio que la obra estaba desierta. Se lavó las manos y la cara. Fue hasta el borde del promontorio y divisó a Brown, quien paseaba por la playa como la tarde anterior.

Los carpinteros habían instalado las costaneras de los extremos y la casa parecía haber adquirido, con la insinuación de las diagonales del techo, su forma definitiva. Habían avanzado hasta más de la mitad de una de las vertientes, con una lienza tendida entre clavos para alinear el borde superior de los maderos. En el extremo de una de las vigas habían hecho una marca vertical con tiza, donde probablemente iba a ir el corte trazado a nivel. Eso le permitió formarse una idea del ancho que iba a tener el alero. A ese ritmo, se dijo, no era improbable que terminaran toda la estructura del techo antes del domingo.

Vio ascender a Brown en medio de la luz escasa, deteniéndose cada cierto tiempo para recuperar el aliento. Al llegar notó que llevaba una pequeña mochila negra, que parecía vacía. Brown se detuvo en un costado de la casa. Se sacó la mochila, la hizo girar en el aire como un lanzador de martillo y la arrojó al interior de la casa a través de una ventana.

–¿Cómo durmió? –inquirió.

–Bien –repuso él, intentando decidir si había sarcasmo en la voz de Brown–. ¿Qué dijo Juan?

–El domingo es tan buen día como cualquiera.

Brown encendió el fuego y ocuparon sus puestos frente a las llamas. Comieron galletas y terminaron lo que quedaba del vino, rodeados por la oscuridad. No había niebla y el frío era menos intenso que la noche anterior, pero Brown llevaba puesta la chaqueta de alpaca y cada cierto tiempo acercaba las manos al fuego como para desentumecerlas. En un determinado momento sacó un sobre blanco del bolsillo interior de la chaqueta.

–¿Me podría hacer un favor? –preguntó.

–Sí, claro.

–¿Le puede llevar esto a Juan?

–¿Ahora? –preguntó él.

–Si no le importa –dijo Brown–. Se me olvidó entregárselo en la tarde.

Le dirigió esa sonrisa con la que parecía burlarse de sí mismo.

–Seguro –respondió él–. ¿Dónde vive?

Brown se levantó para señalar hacia el pueblo.

–Vaya hasta el almacén y siga por la calle hacia la plaza –dijo–. En la primera cuadra doble a la izquierda. Es una casa roja que está a mano derecha, cerca de la esquina.

Le entregó el sobre con un gesto levemente solemne.

–Gracias –agregó.

Descendió por la pendiente andando sin prisa. Dejó atrás las casas de cemento, considerando la posibilidad de seguir de largo hasta la plaza con la vaga intención de ver a Teresa. Tal vez, si tenía suerte, se dijo, podría intercambiar con ella algunas palabras a solas, fijar un punto de reunión más accesible. Pero aquello, pensó, era una posibilidad remota. Decidió que lo intentaría de cualquier forma: hacerse de algún modo visible en los alrededores de la plaza, después de haberle entregado el sobre a Juan. El sobre pesaba. Pasó bajo un farol frente al almacén, sintiendo otra vez el bramido de las olas que rebotaban entre los muros del pueblo. Continuó hasta la siguiente esquina, dobló a la izquierda y se detuvo ante la casa. Golpeó. Después de mucho rato, Juan abrió la puerta, dejando que la luz de una ampolleta proyectara un rectángulo en el polvo. Llevaba su pelo gris mojado y peinado hacia atrás y le pareció más viejo y frágil, fuera de su elemento.

–Buenas noches –dijo Pedro.

–¿Qué pasa? –repuso Juan, quien parecía perturbado, en guardia.

Le entregó el sobre.

–Don Jorge le manda esto.

–¿De qué se trata? –preguntó Juan, sin ocultar la alarma que eso le producía.

–No sé.

Juan introdujo un pulgar en uno de los extremos del sobre y lo rasgó con violencia. Contenía un grueso fajo de billetes de diez mil, sin doblar, tan nuevos que parecían falsos.

–¿No quiere que vuelva más? –inquirió, pasando una uña por el lomo de los billetes.

–No creo que sea eso –contestó él, confundido–. A mí no me dijo nada...

Retrocedió un paso y agregó:

–Pregúntele mañana.

–¿Le molesta si subo ahora con usted? –dijo Juan, encajándose el sobre en el bolsillo trasero del pantalón.

–No, para nada.

–Espéreme un minuto.

Cerró la puerta y lo escuchó decirle algo a Antonio en voz baja. Reapareció casi enseguida.

–Vamos –dijo.

En el instante en que doblaban la esquina, se escuchó una detonación. El estallido seco reverberó contra los acantilados en un eco fantasmal que parecía regresar desde muy lejos y fue seguido, después de una pausa de silencio, por una serie muy rápida de explosiones de la misma intensidad, como petardos. Como obedeciendo a una señal, él y Juan se echaron a correr al mismo tiempo por la calle desierta. Dejaron atrás la plazoleta y ascendieron a toda carrera por la pendiente. En medio del ascenso, cuando trasponía otra vez las casas de cemento, tuvo conciencia de que le había sacado mucha ventaja al viejo, pero no se detuvo. Contra el fondo sombrío de los acantilados, un poderoso resplandor demarcaba a todo lo ancho el perfil de la loma. Comprendió, antes de llegar a la cima, que la casa se estaba incendiando.

Pasó junto a la bodega, que olía fuertemente a gasolina. Intentó aproximarse a la casa, pero lo detuvo el calor. Le llegó de pronto como una onda expansiva. Lo sintió en los ojos y en toda la mitad delantera de su cuerpo, y lo obligó a retroceder. Juan llegó hasta su altura, jadeando pesadamente, doblado en dos por el esfuerzo. El fuego se alzaba como una pira más allá de la altura de la casa y lo iluminaba todo alrededor. La camioneta tenía alzado el capó y del motor brotaba una columna de humo negro. Se veían llamas en la cabina. El mesón también ardía. Juan comenzó a decirle algo, pero lo interrumpió una línea de fuego azul y blanco que se deslizó a su lado por la tierra como una serpiente, pasó de largo y describió una curva para volver a trepar el declive. En un instante, la bodega estalló en llamas.

Juan lo aferró del brazo como para sostenerse de él. Él se esforzaba por barrer todo aquello con la mirada, en busca de Brown. Aquí y allá se veían regueros aislados de fuego en la tierra y el cemento, donde la gasolina de los bidones había goteado. Se preguntó si yacería en la casa o en la bodega. Las explosiones, se dijo intentando conservar la calma, debían haber sido los balones de gas. No un disparo de la escopeta. Dos hombres, que debían provenir de las casas de cemento, llegaron hasta allí agitando los brazos, trayendo baldes vacíos. Pero ya era demasiado tarde.

Se quedaron paralizados, sin poder desprender la vista de las llamas, que se formaban y desaparecían, fluctuando, devorando la casa en un aleteo furioso, a plena potencia. Brotaban en gruesos chorros hirvientes por las ventanas. Cada cierto tiempo se achataban como para tomar impulso y luego aumentaban con renovado brío. Dejaban oír un sonido constante como de viento pasando a través de un túnel, como si algo estuviera respirando todo el tiempo sin expulsar el aire. La madera emitía un siseo en el que se escuchaban de pronto pequeños estallidos. El olor penetrante del humo les llegaba mezclado con el de la gasolina y la goma quemada de la camioneta. En lo alto, las llamaradas se dividían y permanecían como suspendidas en el aire, empujadas hacia lo alto por el viento. Un enjambre de chispas se arremolinaba y revoloteaba antes de ser tragado por la densa nube de humo, teñida de rojo, iluminada en un claroscuro fantasmagórico por el resplandor. En unos cuantos minutos, un gran semicírculo de gente se había formado en torno al incendio y más seguían llegando por el camino. Había allí tres o cuatro carabineros, con las camisas fuera de los pantalones, que se esforzaban por mantener a la gente a distancia. Aunque nadie hacía el menor ademán de querer aproximarse más allá del cerco impuesto por el calor. En un punto a su derecha, distinguió a Antonio y, casi a su lado, a Teresa, quien clavaba en él una mirada franca de odio que indicaba que eso lo estropeaba todo y que parecía adjudicarle, al menos en parte, la responsabilidad. Una serie de ideas cruzaba a gran velocidad y en desorden por su mente. Pensó en Brown, en la mochila con que lo había visto subir desde la playa y que ahora sin duda se consumía en la casa. Pensó en el sobre de Juan. Pensó en los incendios de Pisagua a principios de siglo y se dijo que aquello volvía a imponer una suerte de equilibrio, restableciendo el ritmo de decadencia desarrollado a lo largo de decenios que Brown había venido a interrumpir. Se preguntó cómo iba a reaccionar Irene ante la noticia y pensó por un instante en bajar hasta el teléfono para llamarla.

Notó que la gente a su alrededor había empezado a recoger cosas: herramientas, bolsas, bidones de agua salpicados de gasolina. Distinguió a un hombre muy gordo que sostenía una escopeta que podía ser la de Brown. Le pareció que todo el pueblo se había agolpado allí. Una multitud, que permanecía como hipnotizada por el fuego, ocupada en aquel saqueo lento, como desganado, que lo hizo sentirse de pronto como en una pesadilla. Retrocedió y rodeó por fuera el círculo hasta un punto cerca de Teresa. Distinguió, a través de la multitud, que la carpa ya no existía y que Brown se había dado el trabajo de arrastrar lejos su bolso, hasta apoyarlo contra la cruz, al amparo del fuego. Vio también a una mujer muy vieja que trataba de levantarlo. Se dirigió hasta ese sitio rodeando la camioneta, que habían conseguido apagar con extinguidores y que despedía un olor pestilente. Una pareja de perros esqueléticos, que iba de un lado a otro persiguiéndose en un estado de agitación histérica, le salió al paso. Llegó hasta la vieja y le arrebató el bolso sin decir una palabra. Revisó su contenido y encontró también un sobre.

El techo se desplomó. Durante largo rato había visto arder intensamente las costaneras, hasta que cedieron por fin llevándose consigo la viga maestra, que atravesó el entablado en su caída como una guillotina. Después de eso el fuego pareció envolver toda la construcción en una sola ráfaga ardiente, con renovado ímpetu. Por un momento, tuvo la impresión de distinguir la forma perfecta de la casa transparentándose como un negativo fotográfico a través de las llamas, de un modo alucinante. Luego toda la estructura se derrumbó con una convulsión y quedó reducida a una pila de brasas inflamadas. En total, calculó que no había tomado más de media hora. La multitud se entregaba ahora a una actividad frenética, recogiendo sacos de cemento, tarros de pintura a medio usar, tablas, comida para perros. Algunos descendían camino al pueblo. Él se quedó allí, sosteniendo en alto su bolso, sin saber qué hacer, con la impresión de que el estruendo del incendio, ya sólo reducido al suave crepitar de las ascuas en lenta combustión, iba siendo remplazado por un silencio todavía más ensordecedor.

Al cabo de un rato, notó que un grupo de unos cinco o seis hombres se repartía por los cerros llevando potentes linternas. Una tenue luna menguante se había asomado tras la cima de los riscos, iluminando el humo del incendio que había formado delgados bancos de niebla a media altura. Vio algunos otros, con apariencia de pescadores, que abrían la llave de agua y comenzaban a llenar baldes y a arrojarlos sobre las cenizas y los pilares calcinados de la casa, que dejaban escapar al contacto del agua una suerte de resuello y densas nubes de humo blanco. Los dirigía un hombre flaco y moreno, de bigote, que llevaba una camiseta blanca sin mangas y una gorra policial. No pudo identificar el rango de la gorra, pero le pareció que ese hombre debía ser el teniente de los carabineros. Él se alejó de las ruinas de la casa y se sentó sobre el bolso en el borde del promontorio. Notó que la actividad de las linternas empezaba a concentrarse en la playa. Observó cómo varios de esos hombres, que debían ser policías, se agrupaban en un punto cerca de las ruinas de la pesquera, recortando óvalos de luz en la arena, y que luego se separaban hacia el norte. Cada cierto tiempo apuntaban con las linternas hacia las olas, rebanando la tiniebla con furiosos tajos de luz.

Después de un largo rato, el teniente se aproximó hasta él.

–Usted trabajaba con Brown, ¿no? –preguntó el policía con cautela, como si temiera desencadenar en él un estado de shock.

–Sí.

–¿Sabía algo de esto?

–No –dijo él.

El hombre se sacó la gorra y se secó el sudor de la frente con el antebrazo. Miró con indiferencia la actividad que continuaba en la playa y entre los roqueríos.

–Me gustaría hablar con usted mañana –dijo con calma–. ¿Le parece a las once?

Él asintió.

–¿Tiene dónde dormir? –prosiguió el policía.

–No.

–Le vamos a tender una colchoneta en el retén... Puede ir cuando quiera.

–Gracias –dijo él.

El otro hizo ademán de alejarse. Él le preguntó:

–¿Qué hacen en la playa?

–Encontraron unas ropas –dijo el teniente–. Parece que se metió al agua –reflexionó un momento antes de agregar con el mismo tono neutro–: Vamos a tener que esperar hasta mañana para ver si aparece el cuerpo.

7

Terminó la cerveza y levantó la botella para indicar que quería otra. El mozo asintió desde el otro extremo de la barra, detrás de un vaso de plástico azul del que brotaba un arreglo de servilletas. Él miró su propio reflejo entre las filas de botellas. Le dijo mentalmente que se le estaba haciendo tarde y que la cerveza no había hecho nada por mitigar su estado de ánimo intranquilo, la sensación de que lo iban a poner a prueba en una materia de la que lo ignoraba todo. El mozo depositó la cerveza con un golpe sobre la formalita y se alejó sin decir una palabra, dejando allí la botella vacía. En cuanto volvió a enfrentarlo, le indicó con una seña que quería el vale.

Pagó. Bebió la mayor parte de la botella de un solo trago, sintiendo cómo su efecto adormecedor se extendía por su cuerpo, drenando, en vez de infundirle valor, hasta la última gota de sus energías. Se secó los labios con el dorso de la mano y salió. En la calle aún hacía mucho calor. En el aire turbio flotaba un olor penetrante a petróleo y a goma quemada. Se dirigió lo más rápido posible, apurando el paso entre los huecos que dejaba la multitud, en dirección al sur. En la siguiente cuadra, distinguió a la distancia un grupo de gente agolpada en la vereda, al otro lado de la calle, y la luz de una baliza aleteando en las vidrieras. Un accidente, se dijo. Había allí un par de furgonetas policiales y una ambulancia. Los policías encauzaban el tránsito, desviándolo de un taxi que estaba detenido en segunda fila con la puerta del conductor abierta. Al parecer había atropellado a alguien, que por alguna razón yacía en la vereda, frente a la entrada de un pool. La gente formaba un apretado semicírculo entre los autos estacionados e interrumpiendo el paso por la vereda, de modo que los transeúntes iban a engrosar esa pequeña multitud antes de saber qué estaba pasando. A través de los vidrios de un auto, entrevió la esquina de un plástico negro extendido en el cemento, que reflejaba los destellos de la baliza. También divisó un hilo de sangre oscura que corría por una juntura de la acera y se derramaba por la cuneta hasta una rejilla de desagüe. Vio a un carabinero que corría de una furgoneta a otra. A lo lejos, una micro aprisionada en el embotellamiento hizo sonar una bocina poderosa. Él pasó de largo. En la siguiente cuadra, atravesó la calle y continuó más despacio, con la impresión de que la mayoría de la gente se dirigía en la dirección opuesta, buscando la puerta del bar donde lo había citado Irene.

Lo encontró tres cuadras más adelante. Se internó por un pasillo angosto y oscuro, bajo una fila de tubos fluorescentes que le daba el aspecto de un túnel, al fondo del cual parecía reinar una oscuridad aún mayor. Antes de llegar al final, el espacio se ensanchaba para dar cabida a un mesón de mármol sostenido por grandes toneles de madera, sobre el cual se alineaban tres máquinas de schop y una caja registradora de botones cromados. Un tipo joven y gordo, que fumaba sentado un par de metros detrás de la caja, le dirigió una mirada torva y bebió un trago de una cerveza de litro. El túnel desembocaba en un salón enorme, dividido por paneles de madera, que en otro tiempo había sido un teatro o un cine. En el costado opuesto, al pie de un mural donde se veía una ronda de bailarinas desteñidas y una gran máscara de diablo de La Tirana en primer plano, distinguió a Irene.

Ella se levantó para abrazarlo. Vio que la acompañaba un tipo joven, vestido con un terno que parecía muy caro, que le tendió la mano por encima de la mesa.

–Pedro –dijo Irene–. Mi primo Daniel.

–Te quería conocer –anunció el primo, de un modo inexpresivo. Él asintió y arrimó una silla a la mesa.

–Perdona el atraso –dijo.

–No te preocupes –repuso ella.

Parecía haber adelgazado. Pero aquello podía ser, se dijo, un efecto de la penumbra reinante. En su rostro se mantenía fija una expresión levemente dislocada que a él le era desconocida.

–¿Cómo estás?

Él se encogió de hombros. Un mozo se acercó hasta la mesa y le pidió un schop.

–Te queda bien el bronceado –dijo Irene.

Él sonrió y miró al primo, que permaneció imperturbable, con la vista clavada en él.

–¿Te costó llegar? –inquirió Irene.

–Para nada –respondió él, escuchando la resonancia de su voz en el salón.

Le daba la impresión de que todos los sonidos (las voces, el entrechocar de las botellas, las patas de las sillas arrastradas por el piso de cemento) retumbaban en los muros altísimos y convergían en un murmullo continuo en un punto del fondo del local, que estaba en tinieblas. Notó que las mesas proyectaban sombras en el piso. En lo alto del salón, distinguió una claraboya que iluminaba vagamente el balcón de la platea alta y la parte superior de los murales. El vidrio difundía una claridad lunar que se desvanecía mucho antes de llegar al fondo, donde alguna vez debía haber estado el escenario y donde uno de los paneles divisorios parecía haberse derrumbado, clausurando esa parte del bar. En contraste con la calle, el aire estancado y húmedo le resultaba agradable.

–¿Hay alguna noticia? –preguntó.

–Ninguna novedad –dijo el primo.

Comprendió que debía ser hijo de Brown. Debía tener más o menos la misma edad de Arturo, veintiséis, y parecía una versión imperfecta, incompleta de su padre. Aunque su presencia y su actitud le resultaban levemente inquietantes (lo invadía la sospecha irracional de que, en alguna medida, lo consideraran culpable de lo que había sucedido a Brown, o cómplice de lo que había hecho), lo eran menos que la perspectiva de un encuentro a solas con Irene, algo para lo que había intentado prepararse bebiendo cervezas sin conseguirlo del todo. Se dijo también que su presencia no marcaba la menor diferencia en aquello que se intercambiaba en silencio entre él y su prima: una suerte de resignada intimidad por completo independiente de la participación del otro. Por última vez, pensó. Su mente derivó hasta Brown y luego de vuelta al salón y se sintió distanciado de todo aquello de un modo que lo llenó de alivio.

–Lo siento –dijo.

–Yo también –repuso el primo secamente.

El mozo trajo su cerveza y la dejó frente a él con un gesto reticente. Él bebió un sorbo y trató de enfocar las letras blancas de la lista de precios en la ventana de la cocina. A su lado divisó un letrero amarillo y rojo que decía $ 4.600 y no parecía referirse a nada en particular.

–¿Pedro –preguntó Irene, después de intercambiar una mirada con su primo–, por qué fuiste?

–No sé.

–Me podrías haber avisado…

–No creo que hubiera podido... –repuso él, con una sonrisa–. Pero no tenía planeado ir a Pisagua, me decidí a último momento.

–¿Qué te pareció mi tío?

–¿En qué sentido?

–En general.

–No me pareció tan... desequilibrado –dijo él–. Pero veo que tenían razón.

Alguien desparramó unas fichas de dominó sobre una mesa, detrás del panel. Él pensó que sencillamente se había limitado a seguir paso a paso las instrucciones de Irene, aunque a destiempo.

–¿Para qué te contrató? –inquirió ella.

–Como cuidador.

–¿Nada más?

–No, ¿por qué?

Irene negó con un gesto. Levantó su propia cerveza, de la cual no había bebido nada, y aspiró un sorbo apretando los labios.

–¿Sabías que me llamó? –preguntó.

–No.

–Me llamó el día que llegaste a Pisagua. Contesté el teléfono con el presentimiento de que era él... –volvió a mirar a su primo. Luego agregó, dirigiéndose a Pedro–: Me preguntó si sabía algo de ti.

–¿Y qué le dijiste? –inquirió él.

–Todo.

Él asintió, alarmado por un instante, preguntándose en qué medida aquello lo había expuesto a un disparo de la escopeta. Se dijo que eso, que Brown lo hubiera sabido un espía desde el comienzo, desdibujaba su actitud. Le pareció que Brown retrocedía en su mente a un plano más lejano, donde resultaba todavía menos asible, que su imagen, por así decirlo, se fracturaba en un nuevo sitio, o se volvía opaca, y que ésa era precisamente la intención de Irene.

–¿No te dijo nunca? –agregó ella.

–No.

–Me contó que se estaba construyendo la casa... Me dijo que lo podía visitar cuando estuviera terminada.

Él asintió y encendió un cigarrillo. Levantó la vista y se distrajo esforzándose por reconocer, bajo la luz polvorienta de la claraboya, algunos de los bultos apilados en la platea alta. Distinguió cajas de botellas vacías, sacos, diarios viejos, tablones, rollos de alambre y tubos fluorescentes amarrados, además de algunas formas que no alcanzó a completar. A la izquierda, en la balaustrada de la platea, colgaba un reloj que parecía empañado y más arriba se veía el marco de una puerta apoyado contra el muro. Desde ahí daba la impresión de que la platea no tuviera inclinación, que los bultos habían sido amontonados en una gran ruma que, en cualquier momento, podía venirse abajo para caer exactamente sobre la mesa.

–Pedro –dijo Irene después de una pausa–, ¿te puedo hacer una pregunta?

–Seguro...

–¿Crees que se suicidó?

–Nadie puede saberlo mejor que tú –intervino el primo. Se preguntó si también sería abogado. Por un instante, lo atravesó la certidumbre absurda, demencial de encontrarse en presencia del pasado de Brown, en la etapa previa a una bifurcación irrevocable.

–Eso dijeron los pacos... –repuso.

–¿Qué cosa?

–Que yo debía saberlo.

Le dio una calada al cigarrillo y no agregó nada más.

–En la familia no están muy convencidos –anunció Irene–, al menos mi viejo.

–¿Por qué?

–Les parece raro que el cuerpo no haya aparecido.

Él se encogió de hombros. Luego dijo:

–A los buzos no les pareció tan raro.

–¿Verdad? –preguntó el primo.

–Dicen que el mar es impredecible con los ahogados: a veces los devuelve en unas cuantas horas, a veces se los traga para siempre. Tenían miedo de encontrarse con algo más que tu tío...

Esperó que Irene sonriera, pero su rostro se endureció.

–Nadie desaparece así, sin dejar rastros –dijo ella, y él tuvo la impresión de que aquélla era una frase de su padre, pronunciada casi con la misma entonación con que la debía haber escuchado.

–¿Y qué creen que pasó si no?

–Que podría haber aprovechado la distracción del fuego para desaparecer –repuso ella.

–Eso fue lo que hizo.

–Pero no en el mar, para escaparse...

–¿Para escaparse de qué?

–Quién sabe.

–¿Y cómo explican las ropas en la playa?

–Pudo haberlas dejado ahí antes, ¿no? –dijo el primo.

–Supongo.

Él bebió un trago de su cerveza y expulsó el humo por la nariz, de modo que permaneció suspendido como una densa niebla entre las paredes del vaso. Luego aplastó la colilla en una de las junturas del cemento y reclinó la silla hasta apoyar la espalda en el panel.

–No era la primera vez que lo hacía... –señaló.

–¿En serio? –inquirió el primo.

–Un pescador testificó eso en la investigación, que solía nadar de noche en la playa.

–No tenía idea... –repuso Irene como para sí.

–Todo el mundo lo sabía en Pisagua.

Los tres se quedaron un instante en silencio. Él levantó la vista hacia la mueca congelada del diablo, deseando marcharse de allí de una vez por todas.

–El otro motivo de sospecha es la plata –dijo Daniel. Se inclinó hacia adelante bajo la luz cenital y su rostro quedó un instante en la penumbra.

–¿Por qué?

–Desapareció igual que mi tío –intervino Irene–. No queda un peso.

–¿Saben cuánto era?

–No exactamente –dijo Daniel.

Él asintió.

–Yo no estoy tan segura de que pruebe algo –dijo ella–. Podría haberse deshecho de la plata tanto si pensaba matarse como si no.

Su ceño se contrajo en un gesto de dolor, como si la idea del suicidio la hubiera alcanzado por primera vez.

–Tú misma me dijiste en octubre que la "familia" temía por su equilibrio mental –dijo él con desgano–, que tenían miedo de que se hiciera daño...

–Sí sé.

–Yo hubiera creído que hasta cierto punto se lo esperaban.

–No –declaró el primo con un gesto de impaciencia–. Nos tomó por sorpresa.

–¿Y tú –le preguntó Irene–, te lo esperabas?

–No –dijo él.

–¿No te dijo algo, en algún momento, que te hiciera sospechar una cosa así?

Él pensó en la historia del viejo inglés, intentando calibrar al mismo tiempo las razones que podía haber tenido Brown para dejar caer aquellas claves dispersas, incompletas, ante él, invadido una vez más por aquella sensación de alejamiento.

–Nada –dijo.

Irene asintió con un gesto en el que él creyó adivinar algo de alivio. El primo levantó una mano para pedir la cuenta, con el aspecto evidente de que aquello le parecía una pérdida de tiempo. Él se reclinó en su silla para mirar el pálido rectángulo de la claraboya y calculó que debían ser pasadas las siete. Un residuo de luz sucia seguía flotando en lo alto, por encima de los murales y de la curva del balcón.

–¿Sabes lo que me pasó? –le dijo a Irene–. La misma noche del incendio, tuve un sueño. Más bien un entresueño… Me había tendido en una colchoneta en el retén de los pacos, en un pasillo techado, y no podía quedarme dormido después de lo que había pasado. Estuve ahí acostado más de dos horas, fumando y tratando de pensar. Finalmente me venció el cansancio y cerré los ojos. Soñé que era tu tío y que bajaba a la playa y me sumergía en el mar. ¿No te parece raro? –Ella había clavado en él una mirada interrogativa. No contestó–. En el sueño me sacaba la ropa –prosiguió él– y nadaba hasta muy adentro en la más absoluta oscuridad –cerró los ojos y le pareció sentir otra vez el vaivén de las olas, la presión del agua–. En un momento me daba vuelta y podía ver el resplandor del incendio en el cerro…

Ella lo interrumpió:

–¿En serio crees que se suicidó?

–No me cabe la menor duda –repuso él.

Irene se llevó las manos al rostro y comenzó a llorar quedamente. El mozo dejó el vale sobre el borde curvo de la mesa y se quedó allí como a la espera de una explicación, pero ni él ni el primo hicieron nada.

–Y tú, ¿qué crees? –le dijo él por fin a Daniel.

–Para nosotros ya estaba muerto.

Daniel pagó.

–¿Pedro? –inquirió Irene en un susurro, con dos surcos negros atravesándole las mejillas, interrumpiendo su ademán de levantarse.

–¿Sí?

–¿Te mencionó algo de la plata o del proyecto minero?

Él negó con la cabeza.

–Ni una sola palabra –dijo.

Salieron. La luz de la calle los deslumbró. Daniel se asomó entre dos autos estacionados para hacer parar un taxi. Irene lo aferró a él de un brazo y le dio un beso cerca de la comisura de los labios.

Se quedó parado en la acera mirando con calma el techo amarillo del taxi que se internaba en la lenta corriente del tránsito, que avanzaba de un modo errático, a tirones, en dirección a la Alameda. Encendió un cigarrillo y se alejó caminando despacio, siguiendo la dirección de los autos. Avanzó hasta consumir toda la brasa, sumido en sus pensamientos. Reflexionó que no sabía mejor que ellos qué había sucedido, ni sospechaba lo que Brown hubiera querido que creyera o hiciera al respecto. Lo inundaba otra vez la sensación de que lo iba a descubrir más adelante, que la verdad le había sido inoculada y que se volvería de pronto ostensible en el momento menos esperado, probablemente cuando ya hubiera dejado de importarle. Lo distrajo una gran mancha de agua que cubría la acera. Se dio cuenta de que ése era el sitio donde habían tendido la bolsa de plástico. Pasó frente a la entrada del pool en el instante en que se producía un estallido de bolas. Se asomó a la puerta. Observó por un momento las hileras de paños verdes, que parecían colgar de la luz de los fluorescentes en la penumbra, en medio de una niebla de humo azul, y los colores brillantes de las bolas. A la derecha, junto a la entrada, vio la pantalla de un televisor que transmitía una imagen muy distorsionada en lo alto del muro y a un dependiente enorme, que se daba vuelta detrás de un mesón forrado de fieltro para acomodar la antena con un taco. Se puso otra vez en camino. Poco más adelante descubrió que sus zapatos iban dejando huellas de agua en la vereda y los arrastró con fuerza contra el cemento.

Agradezco el valioso aporte de Diamela Eltit, Marco Silva, Claudia Missana, Sergio Serrano, Wendy Luers y Ramsay Turnbull.

Fotocomposición: Maia Fernández Schussheim
Impresión: Programas Educativos, S. A. de C. V.
Calz. Chabacano 65-A, 06850 México, D. F. Empresa certificada por el Instituto Mexicano de
Normalización y Certificación, A. C., bajo la norma ISO-9002: 1994/NMX-CC-04: 1995 con el
número de registro RSC-048, e ISO-14001: 1996/NMX-SAA-001: 1998 IMNC con el número de
registro RSAA-003.
23-IX-2001